Kadokawa Fantastic Novels
2
Welcome to
the classroom of
the supremacy principle
of force
歡迎來到實力至上主義的教室
衣笠彰梧
トモセシュンサク

平田洋介
長相端正，溝通能力超群，而且還很會讀書的帥哥。集女生的人氣於一身。
「對不起，我沒什麼存在感……早安……」
佐倉愛里
戴著眼鏡，束著長髮，不愛打扮的不起眼少女。總而言之很討厭引人注目。

輕井澤惠
隨即穩坐大紅人——平
田女友之座的女孩子。
非常喜歡打扮，意外地
很會讀書跟運動。
「我認為這種從一開始就懷疑同班夥伴的行為是錯誤的。」
「我也贊成～」

如果我拉開這裡，
會變得怎麼樣呢？

屬於當紅偶像——
小雫的夏天來臨了！
Shizuku's S
has come

「喝——壞蛋總會固執到最後。
是時候讓你們接受制裁了！」

一之瀨猛然張開右手，如此高聲宣言。
總覺得就算我不逐一說明，
只要交給一之瀨就沒問題了。

contents

衣笠彰梧 2
KINUGASA SYOUGO
トモセシュンサク
TOMOSESHUNSAKU

歡迎來到
實力至上主義的教室

Welcome to the Classroom of the supreme principle of force

Kadokawa Fantastic Novels

彩頁、內文插畫／トモセシュンサク

佐倉愛里的獨白

我很害怕與人接觸。
我很害怕看著別人的眼睛說話。
我很害怕待在人群聚集之處。
我早已不記得自己是從何時開始害怕起這些事情了。

我唯一能夠確定的事情，就是人無法獨自生存。
不管我有多麼喜愛孤獨，終究沒辦法只靠自己活下去。
於是，我找到了一種辦法。
那就是戴著虛偽的面具，隱藏真實的自己而活。
只有這個時候，我才會變得不再是我，也才能夠做自己。
能夠在這漆黑、寂寞的世界裡活下去。
這個世界並非盡是些美好的事物。雖然任何人都明白這種理所當然的道理，即使如此我們心中某處卻還是會期盼著美好的世界。有點矛盾。

拜託……不管誰都好，我有件事想請教。

大家是不是都像我一樣會在某些人的面前戴著虛偽的面具呢？

還是說，大家都對彼此一視同仁，展現真實的自己？

對於和他人之間不存在羈絆的我來說，無法知道答案。

因此今天我也是獨自一人。

我就算獨自一人也沒關係。

我就算孤獨也沒關係。

我——

我——打從心底渴望有人能與我心靈相通。

而今天我也依然持續獨自靜靜地低垂著雙眼。

高度育成高級中學學生基本資料 時間7/1

姓名	綾小路清隆 Ayanokouji Kiyotaka
班級	一年D班
學號	S01T004651
社團	無
生日	10月20日

評價

學力	C
智力	C-
判斷力	C-
體育能力	C-
團隊合作能力	D

面試官的評語

這名學生欠缺積極性，並對自己的未來毫無展望，現階段不得不說難以讓人寄予期望。從他身上也感受不到任何團隊合作能力以及明確的性格。他的對答本身尚屬高中生的容許範圍內，而現階段的學力、體育能力略低於平均值。

由於無特殊證照，並且依據由其他管道得來的資料所得知的情況等等，我們判斷他適合分發到D班。今後在關注其交友圈之構築以及師生關係的同時，期望學生個人有所成長。

導師紀錄

7/1目前無成長跡象，尚處觀察階段，於此報告。

突如其來的風波開端

這個時間點真是糟透了。

正在尋找自拍地點的我，恰巧目睹了事件現場。這是個連小小名偵探都只能在旁屏息觀望的緊急狀況。衝突就發生在幾十秒前。事情從一些瑣碎的刁難，轉變成挑釁對方的激烈謾罵，接著雙方突然發展成互毆。不，說「互」毆並不正確。三名男學生倒在地上忍受著痛楚，而髮色鮮紅的男學生則在旁俯視著他們。勝敗結果也太過於一面倒了。

我可以看見他打人的右拳沾到了些許傷者的鮮血。這是我人生第一次遭遇的真實打架場面。國小的時候，我雖然曾經看過班上男同學在吵架時拉扯彼此的衣服、捏對方的手臂等等，但是這完全無法相提並論。這裡氣氛的緊張程度便說明了一切。

儘管恐懼，我還是在近乎無意識之際，用數位相機鏡頭拍下了這個場景。快門無聲地被按下。拍完後，我也思考了自己到底在做什麼，不過恐慌狀態中，我無法好好釐清思緒。

我很想盡速離開這個地方，但因為腦袋無法好好運轉，導致我雙腳就像是被牢牢束縛住似的不聽使喚，無法動彈。

「嘿嘿，你以為做出這種事情……能夠全身而退嗎？須藤？」

勉強撐起上半身的一名男生，即使覺得害怕，卻還是拚命表示抵抗。

「你還笑得出來啊？三個一起上還落得這副狼狽樣，你們還真遜。聽好了，別再來煩我。下次可就沒這麼簡單了。」

須藤同學抓住了幾乎喪失鬥志的學生的前襟，並將臉往前貼近。雙方眼睛只距離沒幾公分。須藤以眼看就要上前咬死人的氣勢威嚇對方，結果那個男生就受不了地撇開了視線。

「竟然這麼膽小。你以為人多就贏得了我嗎？」

對其嗤之以鼻的須藤同學，撿起掉落在地上的波士頓背包。

他似乎對喪失鬥志的三人失去了興趣，接著轉身離開。

我的心跳在這個瞬間急遽上升。這是理所當然的。因為須藤同學正朝著我躲藏的方向邁步而來。離開這棟特別教室大樓的路線有限，通常得從我上來的這個樓梯下去。我錯過了逃跑的時機，而且身體無法隨心所欲地移動。聽說遭逢事故的剎那身體會變得僵硬，而我確實就處在這種狀態。

「真是浪費時間啊。我社團訓練之後覺得很累，你們就饒了我吧。」

我們的距離正在縮短。他就在沒幾公尺外。

「……之後要後悔的人可是你啊，須藤。」

一名男學生勉強擠出聲音叫住須藤同學。

這瞬間，束縛住我的咒語開始慢慢解除。

「沒什麼是比喪家之犬的吠聲還更加丟臉的。你們再來幾次也都贏不了我啦。」

這些話並不是虛張聲勢，而且明顯證實了他充滿自信。事實上，須藤同學也毫髮無傷地壓制住了這三對一的壓倒性不利戰局。

明天就要迎接七月了，現在夏季早已開始悄悄露臉，天氣悶熱。

在這場面動彈不得的我，頸部緩緩流下些許汗水。

我決定要不慌不忙、冷靜、悄悄地離開這個地方。

我唯獨不想讓人發現自己在這裡而受到牽連。

因為要是這樣，我安穩的校園生活就會陷入一片險惡之中。

我小心翼翼且迅速地展開行動，離開了這個地方。

「有誰在嗎……？」

我急著想逃走的心情，似乎無意間使周遭氣氛產生了些微變化。須藤同學探頭望向我不久前的所在之處。不過，我還是在千鈞一髮之際成功走下樓梯。

要是再晚個一兩秒，我的背影說不定就會被他看到了。

1

D班的早晨總是很熱鬧。畢竟班上本來就有許多與認真相距甚遠的學生。

不過今天大家比往常還更坐立難安及吵鬧。原因自然不必多說。因為今天學校說不定會發放入學以來久違的點數。

我就讀的這所「高度育成高級中學」採用了一種叫作S點數的獨特系統。我就稍微針對它進行說明吧。

我一拿出學校發的手機，就開啟學校預先安裝好的應用程式，並在程式中輸入學號及密碼進行登入。接著再打開選單中的「餘額查詢」。

我們可以從「餘額查詢」裡完成各式各樣的事情，像是確認自己目前的點數，或是確認班級持有的點數。而且它還具備將點數從自己的餘額中給予其他學生的功能。

點數分為兩種，其中一種的結尾標示著「cl」。它被視為class的簡稱廣為人知，我們都稱其為「班級點數（class point）」。它並不是分配給學生個人，而是以班級為單位所持有的點數。在六月這個時間點，我們D班的點數在餘額上顯示是0 cl。表示完全沒有點數。接著另一種點數則標示著「pr」。這是private的簡稱，代表每人各自持有的點數……也就是個人點數（private point）。

系統設計為每月一日將cl——換句話說，就是將班級點數的數字乘以一百倍，再把結果作為個人點數匯給學生們。

個人點數是拿來採買日常用品、吃飯，或者購買電器用品。它在校內發揮了金錢的職責，是非常重要的東西。

校區內無法使用現金，所以要是沒有持有這個個人點數，就必須被強制過著每天都沒有零用錢的生活。

由於D班的班級點數是零，因此每個月匯進來的個人點數也必然是零。我們被迫在沒有零用錢的狀態下維持生活。

但我們在入學時有收到一千點的班級點數。

如果能維持那些點數，我們每個月都能獲得十萬點。然而，麻煩的是這個班級點數每天都會有所增減。課堂中私下交談或考試成績不好等種種因素，都會令點數逐漸削減。結果，D班在五月初就把班級點數給歸零了。而且很遺憾，這種情況直到現在七月一日都還持續著。

然後，班級點數除了會決定每個月的支付金額，也承擔著決定班級優劣的職責。校方將按照班級點數的數值，從高到低依序分配A～D班。

如果我們D班能得到凌駕於C班之上的班級點數，那下個月開始可能就可以升上C班了吧。

接著，假如最後我們可以爬上A班並迎接畢業的話，就有希望實現自己期望的升學、就業目標。

我當初聽到這個制度時，認為最重要的就是累積班級點數。個人點數即使再怎麼存也只不過是自我滿足。

不過期中考試可以買分數的這件事，卻使我的這個想法為之一變。

須藤在不久前的考試中很可惜地考了不及格，於是我便執行了個作戰——請校方賣給我他的分數。從校方很乾脆就准許了這項請求來看，就能了解D班班導茶柱老師的話並不是個玩笑。

「根據學校與學生的契約，在這間學校裡，原則上沒有東西無法用點數購買。」

也就是說，在學校裡持有個人點數就代表著——必要時我們有可能讓狀況往對自己有利的方向發展。

只要有那個意思，說不定連考試分數以外的東西都能得到。

「各位早安。你們今天的模樣比以往都還更激動呢。」

茶柱老師隨著宣告朝會開始的鐘聲進到教室。

「小佐枝老師！我們這個月也是零點嗎！早上我檢查餘額，結果半點也沒有匯進來！」

「所以你們才會這麼激動嗎？」

「我們這個月可是拚死地努力了喔，就連期中考也都熬過了……但依然還是零，這豈不是太過分了嗎！而且我們也完全沒有遲到、缺席或私下交談！」

「別妄下結論，先聽我說。池，確實如你所言，你們努力到甚至讓人耳目一新。這點我就承認吧。而就如同你們實際感受的那樣，校方當然也能夠理解這點。」

老師教誨般地對池說道，池便閉上嘴，坐到了椅子上。

「那麼我馬上就來公布這個月的點數。」

老師把手上的紙在黑板上攤開，點數的結果從A班開始依序公開。

除了D班，所有班級的班級點數數值，都比上個月上升了將近一百點。

A班甚至還達到了一千零四點這種稍微超出入學時點數的結果。

「……這發展真是不怎麼讓人開心呢。難道他們已經發現了增加點數之類的方法？」

臨座的同學──堀北鈴音似乎只在意別班的狀況，不過池等等D班大多數的學生卻都不在乎其他班級的點數。他們認為最要緊的，就只有我們班是否擁有班級點數這點而已。

而D班標示的則是──八十七點。紙上如此寫著。

「咦？什麼，八十七……代表我們加分了？太好了！」

池在發現點數的瞬間跳了起來。

「現在高興還太早。別班的同學們都增加了與你們同等或者更多的點數。差距並沒有縮小。這就像是送給熬過期中考的一年級生的獎勵，各班最低都會發放一百點罷了。」

「原來是這麼回事。我才在想奇怪，怎麼會突然發放點數。」

對於以A班為目標的堀北而言，入學以來久違地擁有班級點數，似乎不是件值得高興的事

情。她的臉上沒有笑容。

「堀北，妳很失望嗎？也是，因為班級差距又拉得更大了。」

「沒這回事，因為我在這次的宣布中也有所收穫。」

「妳指的收穫是什麼啊？」

池就這樣站著向堀北問道。集周圍視線於一身的堀北，似乎沒意思回答而陷入了沉默。身為班級中心人物的平田洋介見狀便代替她回答。

「我們在四月、五月裡累積的負債……簡單來說，就是私下交談或遲到，並沒有變成隱藏的負分。堀北同學想說的應該就是這個吧。」

腦筋轉得很快的平田，毫不猶豫地這麼回答。了不起，他說中了。

「啊，這樣呀。假如留下了很多負分，那麼即使得到一百點也應該會是零點。」

池理解了淺顯易懂的說明，便誇張地舉起雙手，像是在說著：「太好了！」

「咦？可是那麼……為什麼點數沒有匯進來啊？」

池因為極為理所當然的疑問而重回原點，看著茶柱老師。

如果八千七百點的個人點數沒有匯進來，就是件很奇怪的事情。

「這次發生了一點糾紛，所以一年級的點數會比較晚分發。雖然對你們很抱歉，不過就再等一下吧。」

「咦——真的假的啊，這是校方的疏失，所以沒有什麼額外補償之類的東西嗎？」

學生們也同樣發出了不平、不滿的聲音。學生們一知道原本以為沒有的點數其實是有的，態度就急遽改變。因為八十七點的有無，簡直就是天壤之別。

「別這樣強人所難。這是校方的判斷，我什麼也辦不到。糾紛一旦解決，校方應該就會發放點數。如果點數還有剩下的話。」

茶柱老師那不知為何很耐人尋味的話語，縈繞在我的耳際。

2

午休時間一到，學生們就各自為了吃午餐而開始自由展開行動。

然而，最近我切身體會到，其實開始交到朋友但都不夠熟的這個時期，才是校園生活中最辛苦的時刻。以櫛田桔梗為例，她的男生、女生朋友都很多，人氣極佳。不用說會直接受到邀請，就連電話或郵件的邀請也是接連不斷。她總會因為無法應邀而無可奈何地拒絕對方，或者總會跟一大群人一起去吃飯——如此每天反覆過著這種生活。

另一方面，池和山內他們雖然不受女生歡迎，不過幾乎每天都會跟變得要好的男生們吃飯。

當中也有須藤以及本堂的身影。

而我想說的就是，我不完全屬於任何一方。

我跟櫛田要說的話也算是朋友，而池、山內他們跟我也是朋友。不論哪邊偶爾都會一起吃飯，可是頻率絕不能說是很高。我們的關係大致上是對方前來搭話，問我「要不要一起吃午餐？」或者「放學後要不要一起玩？」才會建立起來。

剛開學時我不怎麼在意這件事。在交到朋友之前，換句話說，我就連能打招呼的對象，以及會跟我打招呼的對象都沒有，所以獨自一人當然也很正常。

然而到現在這種時期，卻發生了「明明有朋友卻孤單一人」這種不可思議的現象。

這現象……試著體驗過後感覺實在不是很好。要是我缺席了教育旅行的討論，不管哪個團體都不會叫我過去。像這種令人想哭的發展，在今後也很有可能會發生。「就算是朋友，我也只是個最低階的朋友嗎？」或者「難道只有我自己認為我們是朋友？」——我甚至還如此胡思亂想。

我心神不寧，無法靜下心來，不禁往池他們的方向看去。我就在這裡啊，你們也可以過來邀請我喔。我的眼神中帶有這種淡淡的任性期待。

接著，我便對這樣的自己感到厭惡，並提醒自己這樣很不乾脆，而後撇開了視線。

可恥的是，我每天都在重複這種事情。

「你還沒跟人完全混熟呀。你還真是一如往常的可悲呢，綾小路同學。」

隔壁同學用冷淡的眼神盯著猶豫不決的我。

「……妳似乎完全熟習於孤獨一人了啊。」

「託你的福。」

我本來打算挖苦她，不過堀北卻坦率接受了。

大多數同學都組成了小團體，不過班上也存在不少像這傢伙一樣獨自一個人的學生。而這也是我唯一的心靈支柱。

不僅是堀北，高圓寺大部分時間也都是一個人度過。雖然剛入學時，高圓寺在食堂裡做出了跟其他班級或其他年級的女生一起用餐，這種一時之間讓人難以相信的行為，不過自從點數開始不夠用後，他大致上也都是待在教室。

日本數一數二的企業——高圓寺財閥，其社長的獨生子，與其說是喜愛孤獨，不如說因為他最喜歡自己，因此對別人都不感興趣。

他那副對於自己孤單一人的狀況完全不苦惱的模樣，令我有點敬佩。

而今天他似乎也心無旁騖地以手拿鏡檢查著自己的容貌。

另外還有一名戴著眼鏡的安靜女生。池他們有段時間因為她的胸部很大而吵吵鬧鬧過，不過由於她很不起眼，話題馬上就消失，如今誰都對她不抱興趣了。而這樣的她總是獨來獨往。我從來都沒有看過她和誰說話。

她今天也不出所料正駝著背，吃著便當，是少數的開伙派。

接著，我旁邊的同學也從書包裡拿出便當，然後打開了便當包巾。

堀北最近都不太去利用學生餐廳，而會自己帶來親手做的便當。

「製作便當所需的功夫及材料費應該不容小覷吧？」

菜色雖然稱不上豪華，但學校餐廳有免費的套餐，那是針對失去點數的學生們所準備的救濟措施。親手製作便當的好處在於成本層面，但學校套餐可以將成本壓到零，所以吃學校套餐不管在時間、點數上都比較省。

「你不知道呀。超市裡也有免費提供的食材。」

「難道妳是用那些食材去製作的嗎？」

堀北不做否定打開了便當盒。裡頭沒什麼肉類及油炸物，但是看起來非常好吃。

「原來妳不僅文武雙全，連煮飯都很擅長啊。雖然這與妳的個性很不相配，不過妳的手還真是巧耶。」

「只不過是煮飯而已，只要看書或上網查，不論是誰都能做。而且必要的用具在宿舍裡也都準備得很齊全。」

堀北沒提及我那多餘的一句話，也沒有對自己的才能感到驕傲。她淡然地把事情帶過，就拿出了筷子。正因為覺得理所當然，她才會有這種應對。

「可是，為什麼要特地親自下廚啊？」

「因為學生餐廳很吵。在這裡的話就能安靜用餐了，不是嗎？」

剛入學時，有很多學生會在商店買麵包之類的午餐回來吃，然而現在為了兼顧點數，前往學生餐廳吃免費套餐的學生壓倒性居多。回過神來，教室裡就只剩下幾名學生。

對堀北而言，這似乎是她求之不得的環境。是說，池他們已經不見了。

「我又沒能乘上這股巨浪了嗎……」

「你總是只眺望著大海，應該連可以滑出去的衝浪板以及覺悟都沒有吧？居然還能說出沒乘上巨浪這種話。你也真是個不得了的大人物呢。」

我無法反駁這漂亮的回答，妳就饒了我吧。

3

放學後與中午不同，因為不用煩惱人際關係，所以意外地輕鬆。

只要趕緊回到宿舍就不會引人注目，而且直接回宿舍的人也不少。

如忍者般混入人群的那種模樣很值得一看。只要緊跟在感情好的小團體後面，也能讓自己看起來真的很像是他們的朋友之一。

「……真是空虛。」

即使順利偽裝成他們的朋友，也只不過是自我滿足。而且說起來這間學校也不會有什麼人在意我的交友關係。

「須藤，我有些話想對你說。你來教師辦公室一趟吧。」

茶柱老師叫住正急著出教室的須藤。

「啥？為什麼是我。我接下來有籃球的練習耶。」

須藤無精打采地打開包包，稍微拿出球衣給老師看。

「我已經跟顧問講好了。來不來都是你的自由，但之後我可不負責。」

對於茶柱老師這句能理解成是在威脅的警告，態度強硬的須藤也有點緊張了起來。

「搞什麼啊……事情很快就會結束吧？」

「這就要取決於你的態度。在你拖拖拉拉的期間，時間也在流逝。」

既然老師都這麼說，須藤似乎也不得不跟去了。

須藤露骨地咂嘴後，便跟在茶柱老師身後出了教室。

「須藤那傢伙乍看之下變了，但實際上根本就沒有改變。之前讓他退學還比較好，不是嗎？」

雖然不知道是誰說的，但班上傳來了這種抱怨。

班上到期中考時分成了好幾個小團體，但整個班級感覺好像也算團結一致。然而，看來這似乎只是錯覺、假象之類的東西。

「你也這麼覺得嗎？須藤同學之前就退學的話會比較好。」

因為要回宿舍，堀北一邊收拾課本到書包裡，一邊這麼說。應該幾乎沒有學生會每天規規矩矩地把課本帶回自己房間裡預習、複習吧。太過於正經八百也是個問題。

「我不這麼覺得。那麼堀北妳身為對須藤伸出援手的一員，又怎麼想？」

「這個嘛……他能否為班級帶來好處，確實還是個未知數呢。」

我隔壁桌的同學堀北如此冷淡地回答。

須藤在期中考遭遇退學危機時，這傢伙為了救他而降低了自己的成績，還花費點數購買考試成績。她現在這種態度真令人難以想像。

堀北在我離席同時也站了起來，接著我們兩人一起離開了教室。不知從何時開始，我們變得有時候會一起走回宿舍。我跟她午餐明明都是分開吃，而且也不會一起出去玩，這還真是不可思議。我們的共通點就是兩方基本上回宿舍都不會繞遠路。一定就是基於這種理由吧。

「老師今天早上說的話，我覺得有點在意呢。」

「點數轉帳暫緩的事情嗎？」

「對。雖然似乎有糾紛，不過這是校方的問題，還是我們學生這方的問題呢？如果是後者的話……」

「妳想太多了。我們最近也沒有什麼特別的問題。況且班導也說了吧，並不只有D班被停止發放點數。所以這單純是校方的問題啦。」

若硬要說有什麼隱憂的話，就是只有一年級學生的給付受到暫緩的這個部分。不過這與D班扯上關係的機率相當低……應該吧。

「希望如此呢。因為糾紛一定也會直接關係到點數。」

堀北每天都在思考怎麼做才能獲得點數。當然並不是個人點數，而是為了升上A班的班級點數。我不會說這是白費力氣，但是現狀不用說當然是件很不著邊際的事情。

不過某方面我也有點期待。因為假如堀北能發現提昇點數的攻略辦法，那對D班來說也會是個很大的加分。另外，同學對堀北的信賴會上升，而她也會交到朋友。實在是個雙贏。

「話說回來，妳要不要偶爾參與一下群組聊天啊？就只有堀北妳一直未讀喔。」

我拿出手機，打開群組聊天的程式給她看。

我們熬過期中考之後邀請堀北進了群組聊天室。櫛田因為顧慮到堀北討厭跟人對話，想說若是訊息聊天的話，就算是這樣的她也許會參加。然而這份想法並無發揮半點作用，至今她仍完全沒有參與。

「因為我完全沒興趣。我連通知都關掉了。」

「這樣啊。」

看來她打從開始就不打算參與了。留下程式沒有刪除，應該是因為刪掉的話，系統就會向櫛田他們發通知，然後堀北就會被他們問東問西吧。

參不參與都是堀北的自由，所以我也無法再說什麼多餘的話。再說我也沒資格。

「綾小路同學，你還真是變得相當健談了呢。」

「是嗎？我想我從一開始就是這個樣子。」

「雖然只有一點點，但你確實改變了。」

我自認從入學以來沒什麼變化，不過即使很微弱，或許在我自己也沒發覺的期間，說不定真的產生了變化。這果然是因為我習慣校園生活了吧。

我特別與堀北莫名合得來……不對，我們完全合不來。該說是感覺莫名很合拍，或該說是因為我在她身邊不會感到困窘。假設她是其他女孩子的話，我就會無法好好進行對答，並緊張得陷入混亂吧。

或許我因此才會不知不覺以接近原本面貌的自己來跟她談論事情。

最重要的是，即使稍微保持沉默，氣氛也不會變糟。這點在人與人的關係上是最難得的。

「你有碰到什麼讓你改變的契機嗎？」

「誰知道呢……要想理由的話，應該單純是因為習慣了校園生活，而且朋友也變多了吧。還有，櫛田的存在應該也有很大的影響。」

我覺得只有男生的話，只要話變少場面就會很尷尬。

可是只要櫛田在就總是會有人說話，完全不會有令人討厭的氣氛。

「你跟櫛田同學也變得要好了呢。你知道了她的另一面也不在意嗎？」

「雖然我還滿驚訝她斬釘截鐵地表示討厭妳就是了。但人理所當然會喜歡誰，或者討厭誰。即使在意也沒用。堀北，即使只有表面上也好，妳要不要妥協跟櫛田好好相處啊？」

「原來如此，說不定就是這樣子呢。我雖然也很討厭綾小路同學你，不過還是會像這樣正常進行對話。也許這件事真的並不怎麼值得去在意呢。」

「喂……」

該怎麼說呢，當面直接被這麼說的話，還真的會讓人覺得非常受傷。

「就是這麼回事喔。雖然別人討厭別人，自己可以若無其事，可是一旦換成是自己被人討厭的話，也會稍微有點想法吧？」

「……妳是在考驗我嗎？」

她說完「誰知道呢」，便故意似的把頭髮往後撥。她絕對是故意的。

「我並不打算妨礙你，不過我和櫛田同學就猶如油與水。我想是不會相容的。」

也就是說，聊天群組有櫛田在，她就絕對不會參與吧。

「說起來為什麼櫛田會討厭妳啊？」

進入這間學校之後，她們連像樣的接觸也沒有。她是什麼時候開始討厭堀北的啊？櫛田明明就說過自己的目標是跟全班同學變得要好。

「誰曉得。那種事我怎麼可能會知道呢？」

話是這麼說沒錯。我不禁覺得堀北跟櫛田之間似乎有種我不能去觸碰的東西。

「你如果這麼在意的話，要不要自己直接去問她？」

她又說些亂來的話。

櫛田桔梗這個女孩子平時雖然是個天使，但我偶然地看見了她的另一面。

我回想起她恐嚇般出口罵人的姿態，那是從平時溫柔的笑容及語氣無法想像到的。而那副模樣，堀北恐怕也不曉得吧。

「算了。因為我只要有現在的櫛田就夠了。」

「你這種說法，可是非常噁心喔。」

「……我想也是。」

即使是我自己說出口的話，我也覺得很噁心。

4

我在宿舍的餐廳吃完菜色很小氣的晚餐後，就回到了自己的房間。我打開手機查詢餘額，螢幕上顯示的餘額數字是八三二〇pr，從早上到現在都沒有變動。

一想到入學當天擁有的是十萬點，就覺得這個金額非常少。

我因為考古題與購買須藤的分數，所以花掉了很多點數。

「就算發放個八十七點，也會是個相當龐大的數字呢。」

換算成錢的話，就是八千七百圓。即使不能說很足夠，但也算是一筆巨款。

「救救我啊，綾小路！」

我在床上滑手機，結果房間的門突然就打開了。來者是臉色大變的須藤。

「……這麼突然是怎麼回事？話說回來，你是怎麼進我房間的啊？」

我記得我回到房間時有好好上鎖。因為我總是這麼做，也養成了習慣，所以我不覺得是自己忘記上鎖。他不會是踹破房門進來的吧？

我為了慎重起見而確認了房門。它沒有顯眼的外傷，而且也很乾淨。

「這裡是我們小組集合的房間對吧？所以我跟池他們商量後，就做了房間的備用鑰匙。你不知道嗎？而且不只我，其他人當然也都有鑰匙。」

須藤把他得到的房卡放在手心上轉來轉去。

「我現在才知道這個非常嚴重且恐怖的事實……」

看來我的房間似乎已經變成誰都能隨便入侵的狀態。

「是說這種事情怎樣都好。我真的完了！快點救救我啦。」

「才沒有怎樣都好。把鑰匙還來。」

「啥？為什麼啊。這是我付點數買來的，所以是屬於我的吧。」

這個煞有其事的歪理是什麼鬼啊。只要走錯一步就是犯罪了。應該說，這已經算是犯罪了吧！

並不是只要是朋友，不管做什麼事情都能被原諒。

「你如果有事想商量，或者有什麼煩惱的話，要不要去找池或山內？」

「那些傢伙不行啦。因為他們是笨蛋。」

須藤說著便一屁股坐到了地板上。

「買張地毯吧。我的屁股痛得不得了。」

我沒有剩下能拿來購買室內裝飾品的點數。

而且說起來，這裡雖然是小組集會的地方，不過慶功宴以來我們一次也沒集合過。即使勉強

購買地毯，會坐上它的應該也只有我的屁股吧。我光是想像那個畫面，就覺得非常超乎常理。

正當我站起來想說姑且還是奉杯茶的時候，房間便響起了告知有訪客的門鈴聲。

從門口忽然探出頭來的櫛田是D班的女神。不論何時看她，她的模樣都很可愛。她進來房間之後發現了坐在地上的須藤。

「咦？須藤同學你已經來了呀。」

「為了慎重起見，我就先問一下。櫛田，難不成妳也是備用鑰匙的持有人？」

「對呀。目的是為了集合……綾小路同學，難道你不知道嗎？」

櫛田從包包裡拿出鑰匙給我看。外觀看起來沒什麼差別，但這應該是我房間的鑰匙吧。看來櫛田似乎以為這件事有經過我的允許，才會將鑰匙收下。

「那個，這個鑰匙……我就先還給你好了。」

櫛田看起來很抱歉似的遞出我房間的備用鑰匙。

「不用了，只收回櫛田妳的鑰匙也沒意義。須藤好像不打算交出來。」

讓櫛田拿著應該也沒什麼關係吧。不對，硬要說的話，這甚至也可以說是能讓我在腦中幻想出交女朋友的那種心情。男人是一種很現實的生物。

「既然櫛田也來了，那我們可以進入正題了嗎？」

「都這樣也沒辦法了……所以你要商量什麼？」

如今他們兩個都不請自來，我也無法隨便趕走他們。

須藤的表情轉變得溫和而老實，隨後便慢慢開始說了起來。

「你們知道我今天被班導叫過去對吧？然後，那個……其實啊……我搞不好會被停學，而且還會是很長的一段期間。」

「咦……停學？」

這件事真是讓人意想不到。須藤最近的生活態度與入學時相比，已有大幅改善。他幾乎沒有在課堂上打瞌睡或私下交談，社團活動應該也很順遂。

「你該不會是不小心罵了老師之類的吧？」

今天茶柱老師阻止他去社團，須藤似乎就很不服氣。

或許大概就是那個時候，他無意間對老師發了脾氣並且口出惡言。

「我沒罵啦。」

「這麼說是那個嗎？你抓住老師的前襟，還恐嚇要殺了她之類的？」

「這種話我也沒有說啦。」

須藤立即否定。我還是說錯了嗎？

「從不同角度來看，或許事情還更加嚴重……」

我認為我剛才講的那兩個都算是相當嚴重的問題了，而他居然還說比這些都更嚴重……

「綾小路同學，是那個啦。他不只對老師又打又踹，還在對方身上吐口水。」

「這還真是過分……話說回來，櫛田妳的幻想也太過分了……！」

「啊哈哈，開玩笑的啦。就算是須藤同學，也不會做到這種地步吧。」

照理說應該要馬上否定的須藤，對櫛田的玩笑話嚇了一跳，錯過了吐嘈的時機。

這也能夠證明須藤的心裡有多麼緊張。

「發生什麼事情了呀？」

「其實我啊……上星期揍了C班的傢伙。所以老師剛才跟我說也許我會被停學……現在，我正在等待處分。」

櫛田也對須藤所做的報告感到驚訝，不禁往我這裡看過來。我一時之間也無法好好理解事態。真沒想到須藤會捲入糾紛。我擔心的事情似乎應驗了。

「你說揍了人家……這……咦？這是為什麼呀？」

「我先說，這可不是我的錯喔！錯的是那些來找我打架的C班學生。我只是反將他們一軍而已。結果那些傢伙就說是我去找他們打架的。這是誣告啊。」

看來須藤的思緒似乎還沒整理好。雖然我大概了解他說的意思，然而，他並沒有好好講出打人的原因以及詳細的原委。

「須藤同學，等一下。可以請你再說詳細一點嗎？」

櫛田也催促他冷靜下來，打算問出引起打架的導火線。

「抱歉，我似乎說得有點太簡略了……」

須藤讓呼吸平穩下來，便重新開始說起事情的原委。

「顧問老師跟我說要在夏季大會把我納入正式球員。」

聽說須藤的籃球很厲害，不過竟然現在就已經在談正式球員了啊。

「正式球員不是很厲害嗎？須藤同學！恭喜你！」

「雖然還沒有決定下來啦。只是有這個可能性而已。」

「就算是這樣也很厲害呀，因為你也才剛入學而已。」

「嗯，還好啦。實際上一年級被選為正式球員候補的人就只有我。於是我就下定了決心，一定要成為正式球員。而事情就發生在那天的回家路上。那些傢伙……同樣是籃球社的小宮和近藤把我叫去了特別教學大樓。說是有事情要說，還是怎麼樣的。雖然我也能無視他們，不過因為我跟那兩個人經常在社團活動中發生口角，所以我才想該是時候做個了結。當然是要以商量的方式喔！結果卻有一個叫作石崎的傢伙在那裡等我。小宮和近藤是那傢伙的好朋友。他們說沒辦法忍受D班的我有可能被選為正式球員，還威脅假如不想嚐到苦頭的話就退出籃球社。我拒絕之後他們就打了過來。最後我就趁自己被幹掉之前先把他們給幹掉了。」

雖然須藤說明的很倉促，不過一連串過程都有表達出來。說話的本人似乎也覺得自己講得不錯，他的模樣看起來有點滿意。

「於是須藤同學你就被當成壞人了？」

須藤很無言，但還是點了點頭。最先動手的是C班的學生們，他們打算逼須藤退出籃球社，但是結果失敗，於是就訴諸了武力……換言之，就是發展至暴力行為。然而，他們完全打不贏習慣打架的須藤，反而被打了回來。那些傢伙理所當然會自顧自地生起氣來吧。不過，他們並不打算就這樣單方面地吃虧。於是後來他們就去和學校告了狀，謊稱自己遭受須藤的襲擊、毆打。這似乎就是一連串的經過。

「如果這是C班挑起的問題，那須藤同學就沒有錯了呢。」

「對吧？我真搞不懂為什麼耶，而且老師也不相信我。」

「我們明天去向茶柱老師報告吧，告訴她須藤同學並沒有錯。」

事情應該沒有這麼簡單。須藤當然應該也有把剛才對我們說的事實，照樣向校方說過吧。即使如此都還是要等待處分，想必就是因為沒有明確證據，所以校方無法接受吧。

「校方聽完須藤你剛才說的話之後有說什麼嗎？」

「學校說會給我到下星期二的時間，去證明是對方先動手的。要是辦不到的話就會視為是我的錯，並停學到暑假為止。而且還會扣全班的點數。」

看來校方的完善對應正在等著我們。不過比起停學或扣點數，須藤著急的應該是籃球正式球員的事會化為烏有吧。他似乎無法忍受自己的青春被人奪走。

「我該怎麼辦啊？」

「應該也只能告訴老師須藤同學你沒有說謊了吧？因為這很奇怪呀，須藤同學你又沒做錯任何事情，老師竟然還不相信。對吧？」

即使對尋求同意的櫛田很抱歉，我也無法做出很好的回應。

「不知道耶……我認為事情沒有這麼簡單。」

「什麼不知道啊，你不會是在懷疑我吧？」

「至少校方並不信任你，對吧？即使櫛田去講——即使同班同學再怎麼申冤，這就算被當作只是不想被扣點數而撒的謊，也完全不奇怪。」

「這……說不定真的是這樣吧。」

而且這次糾紛不是找到哪方先動手就能結束的事情。

三人組那方恐怕也會受到什麼處分，譬如說判處一星期左右的停學。

再怎麼表示是自己被人打，對方也有三個人。既然沒有受到須藤襲擊的確切證據，照理說也多少會受到懲罰。而這只代表著一件事情。

「即使是對方的錯，須藤也很可能會被追究一定的責任。」

「啥？為什麼啊？這是正當防衛吧？對吧！」

須藤無法接受便用拳頭用力搥了桌子。櫛田被聲音嚇得雙肩震了一下。

「抱歉……我有點失去理智了。」

櫛田露出有點害怕的表情。須藤很不好意思似的道了歉。

「欸……為什麼須藤同學會被追究責任呢？」

「須藤打了對方，但對方沒有打須藤。我想這部分占了很大的原因。我認為所謂正當防衛，是件比想像中還要更困難的事情。要是對方武裝著刀或棒球棍，那就姑且不論。但實際上並不是這樣子的吧？假如你們平時就不和的話，那你應該也能預知、預測到自己會遭遇危險。所謂的正當防衛，是為了在緊急發生的不法侵害中防衛自己的權益，才不得不做出的行為。換句話說，我不認為這次情況完全符合其定義。」

從狀況看來，校方應該只會對須藤的立場施予些微的考量。

「雖、雖然我不是很懂，但對方可是三個人喔，三個人。這樣就夠危險了吧。」

我想人數也很值得考慮，不過這次事件感覺就很難說了。雖然比起我的想像，說不定學校會把重點放在人數，而判定須藤無罪。

可是期待這一點而看得太樂觀，也很危險。

「正因為校方也覺得難以判斷，才會預備一星期的緩期吧。」

現有的證據……被須藤打的傷口，是事件唯一的關鍵。

「所以……事情的趨向，就是打人的須藤同學會被重罰。」

「這是先告狀那方的優勢之處。被害者的證言是有證據能力的。」

「我無法接受啦。我才是被害者，停學可不是開玩笑的啊。要是變成那樣的話，別說是籃球正式球員，我連這次的大會都會無法參加了！」

C班的傢伙為了擊垮須藤，抱著壯烈犧牲的覺悟進行此作戰。就算自己多少會受到懲罰，只要能讓正式球員一事化為烏有，那就無所謂——這件事件讓我覺得他們有此企圖。

「我們去拜託C班那三個人講實話嘛。假如他們覺得自己不對的話，心裡一定會充滿罪惡感，不是嗎？」

「那些傢伙才不是那種人。不可能老實說出來。可惡啊……我絕對不會原諒那些小嘍囉們……！」

須藤拿起放在桌上的原子筆，就把它「啪」地折成兩半。我很了解那怒不可遏的心情，可是那隻原子筆是我的耶……

「要是無法以言語說明，那就需要確切的證據了。」

「是呀……如果有證據能夠證明須藤同學沒有錯的話，那就好了……」

要是有這麼剛好的東西，應該就不用這麼辛苦了吧。然而，須藤沒表示否定，做出了沉思般的動作。

「說不定有喔。雖然這搞不好是我的錯覺……我在跟那些傢伙打架時，似乎感覺到附近有奇怪的動靜，或者該說是我總覺得旁邊好像有人。」

須藤似乎沒什麼自信，但還是說出了這番話。

「也就是說，或許有目擊者？」

「雖然真的只是感覺。我沒有確切的證據。」

目擊者嗎？要是對方有從頭看到尾的話，就會是個對情況有利的要素。然而，視情況而定，須藤也有可能被逼入更糟糕的窘境。例如，須藤是在打倒他們之後才被目擊者撞見——這種情形就會成為「判定是須藤先動手」的決定性一擊。

「……我該怎麼辦才好？」

須藤垂頭喪氣地抱著頭。櫛田討厭沉重的沉默氣氛，於是開口說了話：

「證明須藤同學無罪的方式，大致上分為兩種。第一種方式很簡單易懂，就是讓C班的男孩子們承認自己說謊。讓他們承認其實並不是須藤同學的錯，應該會是最好的方法。」

這毫無疑問是最理想的。

「我剛才也說過這不可能。那些傢伙才不會承認自己說謊。」

與其這麼說，不如說是他們無法承認吧。如果供認自己對校方說謊，還想陷害他人的話，或許他們就不止會受到停學處分。

「然後，另一種方式是找出須藤同學剛才所說的目擊者。要是有誰看見須藤同學他們之間的爭執，那一定就會成為查明真相的助力。」

現階段的實際方案也只有這些。

「就算說要找目擊者，可是具體來說你們打算怎麼找啊？」

「一個一個老老實實地找嗎？還是要以班級為單位四處問問之類的呢？」

「如果對方會因此而站出來那就好了。」

我覺得我們似乎會談很久，於是就從櫥櫃裡挑了挑東西。我拿出入學不久後在便利商店買來的即溶咖啡與茶包。我記得須藤好像不太敢喝咖啡。我用熱水壺中常備的熱水各泡了一杯，接著放在桌子上。

「雖然這好像很厚臉皮，不過這次的事情……你們能不能別跟任何人講啊？」

須藤直接對著放在桌上的茶吹涼，並看起來很不好意思地如此說道。

「咦……別跟任何人講的意思是……？」

「消息傳開來的話，籃球社的人也會知道吧。我希望能夠避免這點。你們懂吧？」

「須藤，再怎麼說這也——」

「我希望你能理解啊，綾小路。要是從我身邊奪走籃球的話，我就一無所有了。」

須藤抓著我的雙肩，以熾熱的口吻說著。沒什麼是比消息不傳開還要好的。如果讓別人知道

自己有可能施暴，人家當然就不會爽快接納他了。

「C班的學生們會不會四處張揚須藤同學施暴的事情呀？而且還把事情講得對自己有利。」

這件事是可以想像的。既然目前我們處於劣勢，對方毫無顧忌地到處講也並不奇怪。須藤的模樣就彷彿在問「真的假的？」，接著便再次抱住了頭。

「該不會已經露餡了……？」

「不，現階段這件事應該還只有校方及當事人知道吧？」

「為什麼你會這麼想呢？」

「因為如果C班的傢伙打算張揚，那事情早就傳到我們的耳裡也不奇怪。」

C班向校方告狀，而校方在放學後跟須藤確認真相。

也就是說，即使中午期間消息傳遍了四周，也不是件奇怪的事。

至少現在還沒有傳得很開。

「所以暫時能夠安心了，對吧？」

然而這也不知會持續到何時。傳言就是一種即使下了封口令也遲早會傳出外界的東西。消息在近期內一定會蔓延開來。現在，我唯一能夠斷言的就是——

「須藤同學，你不要參與這件事會比較好吧？」

櫛田似乎也率先了解到這點，因此建議了須藤。

「是啊，當事人採取行動似乎不太好吧。」

我也配合櫛田似的如此答道。

「可是啊，我怎能全都推卸給你們，這——」

「我不覺得你是在推卸喲。這只是因為我們想替須藤同學你出一份力。即使不曉得能幫到什麼程度，但我們會盡力。好嗎？」

「……我知道了。雖然會對你們造成麻煩，不過就交給你們了。」

看來他理解了自己若涉入其中將使情況變得棘手。

「那麼我要回房間了。今天真是抱歉，突然就跑來打擾你。」

「不用在意。除了你們做了備用鑰匙的事情以外。」

須藤說完「才不還你咧」就將鑰匙收進口袋。從今天開始我都上門鍊鎖好了……

「櫛田也明天見。」

「嗯，拜拜，須藤同學。」

我們目送看起來有點寂寞的須藤。雖說如此，我跟他也只隔了幾個房間。

「咦？櫛田妳不回去嗎？」

「關於今天我有些事想先問問你。該怎麼說呢？感覺你好像對於幫助須藤同學的事情興致缺缺？」

櫛田用似乎帶有不安的眼神向上看著我，我不禁產生了衝動想抱緊她。於是我挺直腰幹，甩去我那邪惡的內心。

「沒這回事，可是我什麼都做不到喔。硬要說的話，頂多就是聽須藤說話，然後附和他吧。如果是堀北或平田想必一定能做出適當的建議。」

「或許是這樣，不過須藤同學可是過來拜託綾小路同學你了喲。比起堀北同學、平田同學，及池同學他們，他可是最先過來跟你說呢。」

「我真不知道該開心，還是該不開心。」

「哦──？」

我對櫛田一瞬間望向我的冷漠眼神感到有些困惑。

這麼說來櫛田有次當著我的面說很討厭我。櫛田總是溫柔地以笑容對待我，因此我很容易會忘記這件事。要是我不好好記住這點的話，之後可能會吃上大虧。

「綾小路同學，或許你再努力融入班級一點會比較好呢。」

「我姑且有在努力，只是沒開花結果而已。而且這次我沒有輕易答應幫助他，也只是因為我沒勇氣開口而已。」

她應該連想都沒想過，我每天都煩惱著想跟別人一起吃午餐吧。

即使我這麼想，不過因為她是櫛田，或許她連這點也都很清楚。

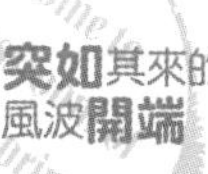

「櫛田，妳會幫忙吧？」

「當然。因為我們是朋友嘛。綾小路同學，你——打算怎麼做？」

「剛才我也說了，找堀北或平田商量是最可靠的吧？不過須藤討厭平田，所以這種情況自然會變成找堀北了。」

雖然我想即使是堀北，她也沒辦法迅速想出能夠解決的好主意。

「堀北同學會願意幫忙嗎？」

「這個嘛，得去問問看才知道。但那傢伙應該也不會做出對D班衰敗默不作聲的這種行為……大概吧。」

我有點沒自信，畢竟她是堀北。

「話題有點岔開了。綾小路同學你會幫忙對吧？」

我自認已將話題巧妙地誘導到別處，但它卻又好好地回過頭來了。

「……就算派不上用場也可以嗎？是說我可是完全派不上用場喔！」

「沒這種事喲。你一定會派上某些用場。」

她並沒明確說出我有什麼有用之處。

「明天開始該怎麼辦呀？須藤同學雖然說是白費力氣，可是我覺得去見和須藤同學打架的同學，也是辦法之一呢。其實我跟小宮同學他們是朋友。所以我或許可以說服他們。嗯——這是不是有點靠不住呢……」

櫛田心中似乎無法完全捨棄跟C班那三個人商量的這條路。

「風險很高啊。吵架原因就先別說了，向校方告狀的可是對方。他們不會這麼簡單就拉下臉。不如說是辦不到吧。他們怎麼可能會說出其實不是須藤而是自己先動手的。」

他們既然都說了謊，我不認為會輕易承認。學校若知道他們說謊，C班的學生們就會受到嚴厲的懲處。他們絕不會做出這種愚蠢的事情吧。而且他們是不可能會將已經揮起的拳頭給放下來的。

「那麼，找尋目擊者還是比較穩當嘍。」

這跟去說服對方的難度差不多高。要尋找目擊者但又不能讓詳情曝光，是極為困難的吧。

「你有看見什麼嗎？」──像這樣詢問，會需要非常龐大的時間、精力。

總覺得就算現在想東想西，也得不出結論。

要是狀況能出現什麼變化，說不定事情的走向就會稍微有所改變了。

高度育成高級中學學生基本資料　　時間7/1

姓名	堀北鈴音 Horikita Suzune
班級	一年D班
學號	S01T004752
社團	無
生日	2月15日

評價

學力	A
智力	A-
判斷力	B-
體育能力	B+
團隊合作能力	E

面試官的評語

從國小階段起，她每年都獲得了很好的成績。面試時的態度等也相當不錯。著眼於升學以及努力提昇學業能力的模樣也非常值得讚賞。另外，她在國中三年期間，寫下了沒有遲到、沒有缺席等紀錄，在自我管理上也都沒有問題。光就這點來說，她的實力相當於A班。然而，在待人的同理心以及團隊合作能力的部分上卻有著諸多欠缺。國中時也頻頻與同學或老師產生衝突。要把她送出社會需要強力矯正。因此我們將她分發至D班。

導師紀錄

初次交到了朋友，看得出來有慢慢在改變。我很期待她在團隊合作能力上會有所提昇。

討厭的事情總會接連發生。向來只會做出最低限度的發言便走出教室的茶柱老師，對迎接隔天朝會的我們，提出了那件我們不願聽見的連絡事項。

「今天我有事向你們報告。前幾天學校裡發生了一點糾紛。坐在那裡的須藤似乎與C班的學生之間起了紛爭，簡單來說，就是他們打了架。」

教室中頓時變得一片鬧哄哄。茶柱老師將須藤與C班起爭執，以及根據責任程度須藤會受到停學，還有班級點數將被扣除的事情，全都赤裸裸地公布出來了。

茶柱老師那淡然、完全不表現出感情的姿態，甚至能讓人感受到有某種美感。

她話裡的內容絕無偏頗，始終都以校方的中立立場來進行說明。

「那個……請問為什麼事情還沒有得出結論呢？」

平田拋出了極為理所當然的疑問。

「申訴是由C班提出。對方好像說是單方面遭受毆打，然而在校方確認真相時，須藤卻說這並非事實。據他所言，這並不是他主動去找對方麻煩，而是C班的學生們叫他出來並且找他打架。」

「我什麼錯也沒有。這是正當防衛啦，正當防衛。」

同學們對毫不慚愧並如此斷言的須藤投以冷淡的視線。

「不過你沒有證據。不是嗎？」

「什麼證據啦，我怎麼可能會有那種東西。」

「換句話說，現階段還不清楚真相為何，所以結論才會暫時擱置。因為根據哪方不對，不論是待遇或對策都會有很大的變化。」

「除了無罪以外的判決我都不會接受。不如說我甚至還想得到慰問金呢。」

「雖然你本人這麼說，但目前可信度也不能說很高。如果須藤感覺到的目擊者真有其人，事情可能會稍微有所改變。怎麼樣，如果有學生目擊到他們打架，能不能麻煩舉個手？」

茶柱老師淡淡地進行話題。而沒有學生答覆這個問題。

「須藤，雖然很遺憾，不過看來這個班級裡似乎沒有目擊者呢。」

「……好像是這樣。」

對於茶柱老師投來的懷疑眼神，須藤覺得無趣似的低垂著雙眼。

「校方為了尋找目擊者，現在各個班導應該都在進行詳細的說明。」

「啥？代表已經洩漏出去了嗎！」

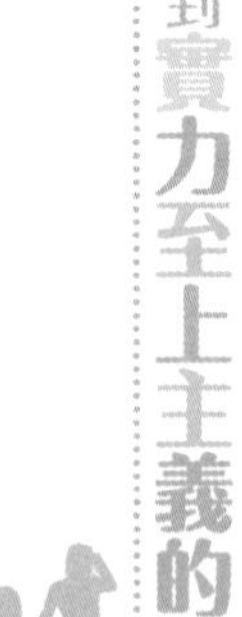

以校方的立場來說，這或許是沒辦法的事情。既然須藤都申訴自己是冤枉的，還提出了目擊者的存在，全學年、各個班級，恐怕都已經收到詳細通知了吧。

對希望隱瞞事件的須藤來說，這是個不太好的狀況。

「唔……！」

須藤希望私下解決的計畫就這麼快速化為泡影。

「總之，我話就說到這裡。包含目擊者與證據的有無，最終判決應該會在下星期二下達。那麼朝會就到此結束。」

茶柱老師出了教室，而須藤也立刻接著走了出去。也許這是因為他知道自己要是留在這裡，很可能會因為某人的發言而惱羞成怒。

「喂，須藤的事情，豈不是太糟糕了嗎？」

最先開口說話的是池。

「如果因為須藤的錯而讓點數沒了的話，這個月我們不就又得以零點過活了嗎？」

教室內立刻籠罩在吵鬧之中，開始一發不可收拾。

像這種「點數不會發放下來」、「點數很少」的不滿宣洩，正往不在場的須藤一人身上集去。這情況櫛田當然看不下去。

「欸，各位，能不能請你們稍微聽我說句話呢？」

櫛田為了將這場騷動從危機化為良機而站了起來。

「確實就像老師所說，須藤同學或許真的打了架。可是呀，須藤同學只是被捲進事件了而已。」

「妳說他被捲進事件。小櫛田，妳難道相信須藤講的話嗎？」

櫛田把昨天從須藤那裡聽來的話，如實地重新說了一遍。包括——須藤在籃球社可能會被選為正式球員的事情，以及同社團裡忌妒他的學生，為了把他趕出社團而叫他出來，並仗著人數威脅他的事情，結果最後發展成打架，須藤為了防衛才打了對方。班上大部分人都不禁默默傾聽櫛田那真誠的話語。同樣的事情，換成我或須藤來跟大家說明，就不會如此打動人心吧。

即使如此，事情也沒有簡單到大家都會乖乖相信。只要考慮到須藤平時的品行有多差，就算大家無法相信也無可厚非。

「我再問一次喲。要是這個班級之中、朋友之中，或者學長姊之中有人看見的話，我希望你們可以告訴我。無論何時都能連絡我，拜託了。」

她說的事情明明就跟茶柱老師一樣，但班上的反應卻完全不同。

擅長面對人群，是櫛田與生俱來的才能。她那閃閃發亮的模樣簡直讓人看得入迷。

教室頓時陷入沉寂。而打破這份沉默的人並非目擊者，而是山內。

「欸，小櫛田。我沒辦法相信那個須藤所講的話。我覺得他是為了替自己正當化才說了謊。」

而且，那傢伙也曾說他國中時期都在打架。他還很一副很開心地講解了打人方式，以及會讓人感受到痛楚的部位耶。」

以這些話為開端，大家對須藤的不滿接二連三爆發出來。

「他之前在走廊上跟別班學生相撞，我看見他抓起對方的衣襟呢。」

「我看過他在學生餐廳裡硬要插隊，結果被人提醒還惱羞成怒。」

櫛田為須藤申冤的那些話並沒完全被大家接受。因可能失去得來不易的點數而產生的那份危機感，使得須藤成了眾矢之的。

「我願意相信他。」

彷彿為了支援櫛田而站起來的，當然就是這個班級的英雄平田。他沒被「反須藤」的氣氛吞噬，並且颯爽地登場。

「如果是懷疑別班的人那我還能理解。可是，我認為這種從一開始就懷疑同班夥伴的行為是錯誤的。朋友不就應該要竭盡全力地提供幫助嗎？」

「我也贊成～」

為英雄所說的話發聲的人，是平田的女朋友輕井澤。她一面整理瀏海，一面如此說道：

「萬一是冤罪，那就是個問題了吧？總之，假如他是被冤枉的，那豈不是太可憐了嗎？」

如果櫛田是以「柔」作為女生的核心人物，那麼輕井澤就是「剛」了。逐漸成為有力領導者般存在的她，似乎有著很大的影響力。許多女生紛紛開始表明贊同。

這實在是個很符合日本人盲從性格的淺顯易懂示意圖。他們的心裡搞不好都在吐舌頭了，但只要表面上是合作體制，便算是種安慰了吧。大家對須藤的批判暫時停止。

平田與櫛田，接著是輕井澤。這三人似乎特別受到班上的愛戴。

「我會去問問朋友。」

「那麼，我也會去問問關係不錯的足球社學長們。」

「那我也來四處問問吧。」

為了證明須藤無罪的行動，似乎以這三人為中心開始展開。

看來已經沒有我的戲分了。與其貿然參與其中，不如交給周圍這些人處理還比較好。

我就在這裡執行一個悄悄淡出的作戰吧。

「我……原本預定要淡出耶……」

1

午休時間。我不知為何混入了一如往常的團體，並來到了學生餐廳。

成員有我、櫛田、堀北、池、山內，以及須藤。

這也是沒辦法的吧。午休一到，櫛田就滿臉笑容過來邀請我，說「那麼我們走吧」，我當然只能回答「ＯＫ！」。沒辦法、沒辦法。

「你真的是接二連三地帶來麻煩呢，須藤同學。」

堀北看起來很傻眼地嘆了氣。

當然，我們要討論的議題，就是該如何證明須藤的無罪。

「唉，沒辦法。既然身為朋友，我就幫忙你吧，須藤。」

一開始把須藤當作壞人的池，態度一下子就完全改變。這一定是因為櫛田呼籲大家幫忙的關係。然而，須藤不知道池的本意，還對他說了一聲抱歉。

「另外，堀北。我又給妳添了麻煩，真是抱歉。可是啊，這回我是被冤枉的。我們想點辦法，給C班的傢伙來個措手不及吧。」

須藤彷彿事不關己似的對堀北從容說道。

「不好意思，不過這次我並不打算幫忙呢。」

堀北一刀兩斷地砍倒了須藤那求救的呼聲。

「要讓D班晉升，最重要的就是早日取回失去的班級點數，讓點數轉為正分。然而，因為你的這件事，學校恐怕又不會發給我們點數。你簡直是在潑人冷水。」

「等一下啊，雖然也許真是如此，不過這真的不是我的錯啊！是因為那些傢伙打了過來，我才反擊他們的！這有什麼不對！」

「你現在好像把焦點放在是誰先動手，可是這種事情只不過是微不足道的差別。你有發現嗎？」

「什麼微不足道啊，這可差多了。我沒有錯！」

「是嗎？那麼，你就好好加油吧。」

堀北將未開動的午餐連著托盤一起拿起，接著站了起來。

「妳不願意幫助我嗎！我們難道不是夥伴嗎！」

「你別笑死人。我從來都不把你當作夥伴。而且最重要的是，我覺得要是跟連自己有多愚蠢都察覺不到的人待在一起，會令我很不愉快。再見。」

堀北的模樣與其說是憤怒，不如說是傻眼。她露骨地嘆口氣，接著就離開了。

「那傢伙搞什麼啊！可惡！」

須藤將無處宣洩的焦躁，發洩到學生餐廳的餐桌上。

啊，剛才附近學生的味噌湯濺出來了……那名學生瞪了須藤，但了解到對方好像很可怕，於是便陷入了沉默。嗯，我也不是不能了解那種心情。

「我們只能靠自己來了。」

「山內，我就知道只有你會了解我。順帶一提，我也很期待綾小路你喔。」

看來我只是山內的「順便」。這也不是什麼特別需要驚訝的事，所以我就隨便帶過了。

「要我幫忙的話是可以，但我可無法成為戰力喔！」

每次被人求救就貶低自己也滿空虛的。

「綾小路同學從昨天開始就是這種感覺。池同學，你也跟他說點什麼吧？」

「哎呀，可是……這也確實如此。妳要是問我綾小路會不會派上用場，我也不知道該怎麼講耶。嗯，有總比沒有好。大概吧。」

池當然也想不到我有什麼地方派得上用場。

我擺出得意的表情看向櫛田。為了炫耀這就是沒特色之人的力量。

「小堀北真是有點冷淡耶。我還以為那次考試她幫助我們之後，我們的關係有稍微變好。」

池似乎覺得很遺憾，或者說有點煩躁似的遠望坐在遠處的堀北。

「我真是搞不太懂堀北。怎麼樣啊，綾小路。那傢伙現在的狀態怎麼樣？」

就算要我講解我也很困擾。我不是那傢伙的使用說明書。我為了敷衍須藤，便把飯碗裡的飯扒進了嘴裡。

「不過還真是奇怪呢。堀北同學應該很想爬上A班吧？幫助須藤同學明明就比較有好處。這是為什麼呢？」

「不是因為她討厭須藤嗎？或許她沒有那種心繫夥伴的心情。」

堀北並不是因為討厭須藤的這個理由，才不出手相助。

然而，在場的大家都開始誤會堀北是因為個人情感才不幫忙。

「雖然我很不願意這麼想，但說不定就是這樣呢……」

「櫛田，堀北她是——」

唔，我無意間把話說溜嘴了。櫛田很感興趣似的看著我。

「堀北同學是？」

「啊——……雖然是多管閒事，但我只說一件事。我想堀北的說法確實很嚴苛，可是，那傢伙說的話並沒有錯……我覺得啦。」

「咦？這是什麼意思？」

「那傢伙應該不是無緣無故不幫忙……我覺得啦。」

「那麼，這是什麼意思？說什麼『我覺得啦、我覺得啦』。這不都只是你的猜測嗎？」

回嘴的人是須藤。他很在意堀北，所以應該相當不滿遭到拒絕吧。說明並非難事，但我該怎麼做呢？

堀北很可能從茶柱老師那裡聽到這次事件時就領悟到了。

這個事件必然會發生。在可預見的結尾……換句話說，就是在結局之中，幾乎不存在什麼皆

大歡喜的局面。而堀北應該是因為察覺了這個事實，才會對須藤如此冷淡吧。

可是就算這樣，在這場合說出這種話也只會降低大家的幹勁，而且也只會成為不好的因素。雖然看不見結局是個問題，但是否要告訴他們這點，也很令我猶豫不決。

而且堀北應該是因為不想做出那種潑冷水的舉動，才會不發一語地離去。

「呃……嗯，就如同須藤所說的，這只是我的猜測。」

「什麼嘛，你講的話沒根據啊。」

「堀北的頭腦不是很好嗎？所以我覺得她一定是有什麼想法才會這麼做。」

「什麼想法啊。她的想法不就是見死不救嗎？」

「算了算了，你就別責怪他了。綾小路一天到晚都跟小堀北待在一起，袒護小堀北也是理所當然的嘛。而且她也是個很重要的存在吧？」

池挖苦我似的露出討人厭的賊笑。

這似乎又加深了須藤的焦躁。他咂了嘴之後，就伸手吃起飯來。

「要是目擊者願意站出來就好了呢。老師們今天應該也都跟其他班級說了事件的發生。如果確實有找到，就能一口氣解決了呢。」

我能了解這麼希望的心情，但究竟能否順利進行呢？

老實說，我們需要完成的課題堆積如山。堀北會放棄也無可厚非。說起來假如真的有目擊者存在，但對方如果是C班學生，那也就完了。對方當然會為了袒護同學而隱瞞事實吧。這所學校是以金字塔等級制度為基礎所構成。對方心裡的罪惡感，不太可能會強烈到不惜讓自己班級陷入困境。

就算有C班之外的目擊者，但這下問題又變成——究竟對方看到了何種程度。

雖然如果有完全中立，而且從頭目擊到尾的人物出現，那又是另一回事了……

「啊，抱歉，我稍微離開一下喲。我看見關係不錯的學長，我稍微去探聽看看。」

櫛田語畢，便離開了座位。

「小櫛田就連為了須藤都這麼拚命。真可愛啊。」

池對櫛田的背影看得入迷，神情呆滯。

「我是不是真的該向小櫛田告白呢……」

「不行不行。池你這種人怎麼可能追到她啊。」

「反正成功機率至少比你高。」

半斤八兩的雄性們在言語上互相爭論。

「要是我能跟小櫛田交往的話……唔呼呼。」

池以口水就快要流出來的氣勢開始進行妄想。看來他正想著相當猥褻的事情。

「喂，你幹麻擅自拿我的小櫛田去幻想啊。」

「哎呀……（害羞）」

「你、你在想些什麼啊！給我說喔！」

縱使是妄想，山內似乎也無法忍受池這麼胡作非為。

「你問我在想什麼……這感覺就像是她裸體躺在我身邊，或者應該說是她正在摟著我。」

男生的妄想能力就是光有這程度的說明便能看見情景。

「可惡，我才不會輸給你！我一定要在各個方面上都想得比你還更糟糕！」

喂喂喂，這在倫理道德上是相當不妥的喔。

「給我住手，你不要用你的髒手來碰我的小櫛田啦。」

總覺得櫛田有點令人同情。

她每天晚上一定都被男生們招待到妄想裡頭了吧。

「我覺得高中生活的美好之處果然就是女孩子呢。該是時候認真交個女朋友了。要是夏天有女朋友的話，還可以一起去游泳池耶！真是太棒了！」

「小櫛田如果是我的女朋友就太棒了……她要是能當我女朋友就太棒了。」

山內說了兩次，可能是因為這件事情很重要。

「話說回來，小櫛田這麼可愛，是不是差不多要交到男朋友了啊……？」

「山內，別這麼說。她身邊還沒有其他男人出現的跡象，沒問題。」

池自信地答道。彷彿想說自己是有所根據似的。

「想知道嗎？你們兩個都很想知道對吧？」

「什麼啊。池，你難道知道些什麼嗎？跟我講嘛。」

池表現出一臉「真拿你們沒辦法」的模樣，拿出了手機。

「學校給的這隻手機啊，其實只要登錄好友名單，就能知道對方的位置情報呢。」

池說完就開始進行操作，推斷櫛田的所在之處。

結果正確的位置情報馬上就顯示了出來。位置標記在學生餐廳。

「我每次、每次都會像這樣做確認，就連假日也是。然後我會假裝巧遇去向她搭話。所以我才會很確定她有沒有男朋友。」

他雙手在胸前交叉，一臉得意地說著。可是，這種行為簡直就已經是跟蹤狂了……要是再往前踏出一步，就能達到讓警察出動的程度。

「不過實際上小櫛田很難追吧……她的等級也不是我們就能追到的。看來我們也不得不再往下降一個級別了嗎……？」

「是啊……總而言之，如果要當我女朋友，只要不是醜女就行了。」

「考慮到要一起並肩走路的話，如果不是七十分左右的女生就不行了呢。」

看來池跟山內彼此都非常想交女朋友。

妄想的程度好像越來越誇張，但他們似乎還是無法捨棄心中那份理想過高的奢望。

「綾小路，你也想交女朋友對吧？」

「這個嘛，如果交得到的話。」

女朋友要是想交就交得到的話，就不用辛苦了。

「我姑且確認一下，你跟堀北之間應該沒有什麼吧？」

須藤似乎姑且有在聽我們說話，他拿著筷子指著我一邊這麼問。

「沒有沒有。」

「是真的吧？」

須藤一臉不相信我，並威嚇般地向我盤問。我用力點點頭，表示這絕對是真的。

「……那就好。你們如果太黏的話可是會讓人誤會的。而且這也會造成堀北的困擾吧？」

我一點也不記得我們有很黏。堀北也絕不會這麼想。

「堀北是有這麼好喔？嗯，雖然很可愛啦……但感覺很無聊不是嗎？我可受不了無聊呢。再說她看起來也絕不會陪人去游泳池之類的地方。」

「你們真是不懂耶。比起櫛田當然是堀北比較好吧。」

須藤自豪似的說著自己的喜好，並雙手抱胸點了兩三下頭。

「即使她會拒絕跟一般傢伙約會，但換作是男朋友的話，她一定就會答應了吧。然後，還能

看見她平時絕不會讓其他男人看見的表情。」

「原來如此……這麼想像的話，感覺好像很有可能。而且她也很可愛。」

山內偷偷看著遠處的堀北，一邊想像著堀北不曾顯露的姿態。

「可是你所迷戀的堀北，似乎丟下了你呢。」

「這……唉，雖然是這樣啦。可惡，我開始覺得心情好鬱悶。」

「唉，不過即使只有一個人也好，只要追求小櫛田的情敵能夠減少，那我也沒什麼好抱怨的啦。」

看來池終究打算以櫛田為主要目標，然後一面尋找七十分的女孩子。

「順帶一提，綾小路你如果跟堀北沒什麼的話，那你喜歡誰啊？須藤是堀北，山內是小櫛田。我得好好調查競爭對手的目標呢。」

「問我喜歡誰……」

與其說沒有什麼特定喜歡的人，不如說我完全想不出來。

我稍微認真想了想，硬要說的話就是櫛田……嗎？她也是學校裡說過最多話的對象，也許當然如此吧。可是我很清楚櫛田不喜歡我，因此我連想像比現在更進一步的發展都辦不到。

「沒有耶。」

於是我如此答道。然而池跟山內好像不相信我，投來了懷疑的眼神。

「你覺得如今會存在著那種沒有喜歡誰的男生嗎？」

「沒有吧。沒有沒有。你別隱瞞了啦，綾小路。」

「我跟你們不同，根本沒什麼邂逅。除了堀北跟櫛田以外的女生我都不認識。」

「這麼說好像對耶。我沒看過你跟其他女生說話。」

真是哀傷，他們因為這個事實而接受了。

「下次我幫你介紹女性朋友吧。」

池用手臂環著我的肩膀，自信滿滿地說道。

「你也沒有女朋友，卻還介紹女性朋友，不覺得這好像有點可悲嗎？」

「唔……確實如此……」

「印象中小佐枝老師曾經說過我們夏天會去度假吧？我絕對會在那時候交個女朋友給你們看。可以的話最好是小櫛田！或者是我還沒見過的可愛女孩！」

「我也是我也是！至少一定要交到女朋友……然後過著恩愛的高中生活！」

「……我該什麼時候跟堀北告白呢……」

大家各自暢所欲言。

「我們來比賽誰最先交到女朋友吧。最先交到女朋友的傢伙，要請全部的人吃飯！說好了喔！」

只要可以毫無顧忌地說出這種話，應該就能成為真正的朋友了吧。真是困難。

「什麼啊，綾小路。你該不會要裝模作樣地說什麼不參加吧？」

「不，我是在想，為什麼最先交到女朋友的傢伙就必須請客。」

「這是當然的吧。這就是所謂的羨慕稅。對吧？」

「交到女朋友的傢伙會很開心，而既然開心就會欣然請客。就是這種感覺。」

你們興致高昂是沒關係，不過還是先等須藤的問題解決完再說吧。

2

大家似乎商量好放學後要分頭去探聽消息。

即使這麼說，但實際上尋找目擊者的人數並不多。

有平田、輕井澤帶領的英雄&辣妹隊伍，以及櫛田所帶領的美少女&輕浮男隊伍。

大家似乎打算靠自己腳踏實地展開調查。

這樣雖然行得通，不過短期間內要做出成果似乎很辛苦。

這間學校的在校生有四百人左右。即使除去一年D班，人數也沒有太大的差別。

就算調查時間包括下課、午休、放學及早上，也都相當困難。

「那麼我要回去了。」

「妳真的要回去了嗎，堀北同學？」

堀北毫不猶豫地回答「是啊」，就這樣離開了教室。

真不愧是堀北。對周遭那種「妳要回去了嗎？」的視線毫不動搖。她在成人後的聚餐中，也將成為不懂觀察氣氛，在第一攤聚餐就迅速收工離開的勇猛戰將吧。

「那麼接下來……」

如果說堀北的戰術是從正面正大光明地逃走，那從暗地裡來，就是我的戰術。我要偷偷溜回去。

「綾小路同學。」

雖然是偷偷來，但教室非常狹小。躡手躡腳的我馬上就被發現了。櫛田用有點不安的聲音叫住了我。

「怎麼了？找我有什麼事？」

櫛田，抱歉。我要鐵下心腸，拒絕妳的邀約，接著回去宿舍。

「你願意……一起幫忙對吧？」

「我當然願意。」

所以我說過了吧。眼神往上注視+拜託＝致命。

我總覺得自己似乎被櫛田隨心所欲地操控，但是這也沒辦法。因為這是無法抵抗的。

人就算再怎麼下定決心不睡覺，也會在二十四到四十八小時之間睡著。偶爾會有猛將誇口自己已經幾天沒睡，但也遲早會筋疲力盡。

換言之，絕對無法抵抗的瞬間總會來臨。這就是人類的構造。

我大致上結束辯解之後，櫛田向我提出了提議。

「我還是希望堀北同學也能夠幫忙。所以我們要不要再問問看她？」

「可是那傢伙剛才回去了。」

明明不久前才沒成功留下堀北，她現在就已經想要雪恥了嗎？

「嗯，我想追上去看看。我認為堀北同學一定會成為戰力。」

「這我不否定。」

「只要花時間說服的話，應該有機會吧？」

她若想再次出擊，我也無權阻止。我點頭表示了解。

「池同學跟山內同學，你們能在這裡等我嗎？我馬上回來。」

「「ＯＫ。」」

他們兩個跟堀北的關係還說不上很好。因此好像不打算硬跟過來。

「走吧！」

櫛田拉著我的手臂離開教室。該怎麼說呢？在我心中的這份酸甜感覺。總覺得池跟山內的憤怒之聲從背後傳了過來，不過這一定是錯覺吧。嘿嘿。

我們下樓來到玄關，卻已不見堀北蹤影。看來她出去學校了。她不是那種會繞路的人，所以應該直接回去了。

我們穿上鞋子，一面撥開放學人潮一面往前走。接著在學校與宿舍的正中央（雖然距離也沒多遠）找到了堀北。

明明四周幾乎都是兩人以上的團體，她看起來像是個背影威風凜凜的孤高之人。

「堀北同學！」

那背影即使是我，似乎都會猶豫要不要上前搭話。然而，櫛田卻毫不猶豫地叫住了她。

「……什麼事？」

堀北有點驚訝地回過頭，似乎沒料到我們會追上來。

「須藤同學的事情，我希望堀北同學妳也能幫忙……不行嗎？」

「若是這件事情，我應該已經拒絕了喔。而且還是在幾分鐘之前。」

堀北像是在鄙視人似的聳了聳肩。

「雖然是這樣沒錯……可是為了升上A班，我想這是必要的。」

「妳說為了升上A班這是必要的呀……」

堀北看起來無法認同，而且也不打算聽櫛田所說的話。

「妳要為了須藤同學奔波是妳的自由。我沒權利阻止。若是需要人手的話，妳能不能找其他人？我可是很忙的。」

「什麼很忙，妳也沒有對象能一起玩吧。」

對於我不禁脫口而出的吐嘈，堀北稍微瞪了過來。那眼神彷彿在訴說「你為什麼要多嘴」。

「因為獨處也是每天的重要日課。我不喜歡被剝奪這段時間。」

這實在很像是孤高之人會做出的發言。雖然這大概單純是不想陪我們的藉口。

「即使現在勉強救他，他也只會重蹈覆轍。這豈不是惡性循環嗎？雖然妳認為須藤同學這次是受害者，但我的想法可不一樣。」

「咦……？須藤同學是受害者喲……？因為對方說謊，讓他很困擾嘛。」

櫛田好像不懂堀北所說的意思。

「這次事件，假如就算真的是C班學生先來找麻煩，須藤同學最後也會是加害者。」

「等、等一下。為什麼會變這樣呢？須藤同學只是被牽扯進去而已喲！」

堀北表現出無奈的樣子，微微往我看來。

……不，我什麼都不會說喔。我撇開視線，從考驗般的眼神中逃開。

沉默持續了幾秒後，堀北便一副覺得麻煩似的這麼說道：

「為何他會被捲進這次事件。只要不解決其根源，接下來這問題永遠都會纏著我們，懂嗎？只要這問題沒解決，我就不打算幫忙呢。如果這樣妳也無法接受的話，剩下的不如就去問妳旁邊那位吧？因為他明明就了解我在想什麼。想必只是在假裝不知道而已。」

我希望妳能別擅自說得好像我很了解。

櫛田無法藏住心中的困惑，猶如問著「你知道是怎麼回事嗎？」地看了過來。

堀北妳這傢伙，別留下一句多餘的話啦……堀北則像是在說「剩下的就交給你了」地邁出停下的腳步。櫛田似乎從堀北身上感受到某種強烈的事物，於是便沒再繼續追上去，也沒有再出聲叫住她。

「須藤同學也是加害者……？是……這樣嗎？」

接著，櫛田果然像在尋求救贖般期盼著我的建議。

在堀北鋪陳那些話之後，即使我現在裝作完全不曉得，往後事情似乎也會變得更麻煩……況且，她用這麼可愛的拜託眼神看著我，我好像都快要欣然告訴她銀行密碼了。

「堀北所說的，我也算是略有感覺到。至少這次的事情須藤應該也有錯。那傢伙平常的態度就算被人怨恨也莫可奈何吧？他只要不滿意，不管對誰都會口出惡言或者態度蠻橫。我是很驚訝他現階段就有可能被選上正式球員，而且也很佩服。他有著無可挑剔的籃球才能。不過，如果他

對此驕傲，還對周遭態度傲慢，那就會出現不少討厭他的人。而且從拚命訓練的人眼裡看來，八成會認為他是個討厭的對象吧。再說，不是有謠言在傳嗎？說須藤從國中開始就都在打架。明明沒聽說過他有同鄉的朋友，但這種事情卻廣為人知。而這就代表真的是這麼回事了吧？」

表示周遭對須藤抱持的印象非常糟糕。

「這次的事件必然會發生。所以堀北才會說須藤是加害者。」

「也就是說……是須藤同學平時的行為與累積……招致了這種局面呢。」

「是啊。只要他持續那種會引來周圍反感的態度，就必然會引起糾紛。然後要是沒證據的話，他平時的形象便會發揮作用。簡單說就是印象問題了。比如說，假設發生殺人事件，而嫌疑犯有兩個人。一個人有著過去曾犯下殺人的經歷，而另一個人則是每天認真生活的善人。如果只憑這份情報，妳會相信哪方？」

要是非得只憑這點來判斷，照理說幾乎所有人的回答都會相同。

「這……當然是每天都認真生活的那個人呢。」

「真相或許並非如此。不過，只要幫助判斷的素材越少，有時候也必須靠現有素材來下判斷。這次就正好是這樣。須藤對自己本身的不對並無自覺。對堀北來說，這應該無法原諒吧。」

我想只要須藤能有自作自受的心情，結果應該就不一樣了吧。

「是嗎，原來是這麼回事呢……」

櫛田完全理解了堀北所說的意思，便領悟似的獨自輕輕點頭。

「也就是說，堀北同學是想讓須藤同學意識自己的錯誤才不幫他的嗎？」

「……嗯，就是這麼回事。堀北應該是希望藉由受罰而令他有所自覺吧。」

櫛田雖然明白意思，卻沒有因此認同。

豈止如此，她還稍微憤怒地做出緊握拳頭的動作。

「為了懲罰須藤同學而丟下他——我無法接受這種想法。如果堀北同學如此心懷不滿，我覺得至少必須直接告訴他。這樣才是朋友呀。」

因為堀北不認為須藤是她朋友……不過這就先姑且不論了，畢竟她本來也不是會溫柔指引他人的那種人吧。而且她也沒道理這麼做。

「櫛田妳只要貫徹自己的想法就好。因為想幫助須藤的這想法本身應該是沒有錯的。」

「嗯！」

櫛田毫不遲疑地點點頭。只要是為了朋友，不管多少次都會伸出援手——這乍看很簡單，實際上卻非常困難。這種行為應該只有櫛田這種人才辦得到吧。

「只是，要不要向須藤指出問題點，或許還是要再仔細考慮一下比較好。只有表面上反省也沒有任何意義，有些事也是只有在自己發現後，才會領悟到的。」

「……這樣呀，我知道了。那就依照綾小路同學你的建議去做嘍。」

櫛田像是要轉換自己心情似的用力伸了伸懶腰。

「那麼走吧，我們去找事件的目擊者。」

我們回到教室與池他們匯合。

「咦？結果你們沒成功說服堀北啊？」

「嗯，對不起呀。失敗了。」

「這不是小櫛田妳的錯啦。而且只要有我們在，戰力就十分充足了吧。」

「我很期待你們的表現喲。池同學也是，山內同學也是。」

櫛田用亮晶晶的雙眼如此拜託，兩人的眼睛於是變成了愛心形狀。

「那麼要從哪裡開始？」

隨機尋找目擊者的效率太差了。

決定個什麼方針再開始行動應該會比較好吧。

「如果大家不介意的話，我們就先從B班開始問，如何？」

「為什麼是B班呢？」

「因為我最希望目擊者能在這個班級……雖然我也只有這些理由。」

「對不起，我不太懂綾小路同學你的意思。」

「對B班來說，D和C哪個班級比較礙事……換句話說，哪個班級比較有可能威脅到自己的班級？」

「這當然是C班嘍。所以C班要最後再去對吧。可是，那麼我們不是也可以去A班嗎？」

「一方面是因為A班的情報還太少，而且我不認為他們會想貿然與似乎攸關點數的麻煩事牽扯上關係。況且，從A班看來，他們也有可能認為C班或D班變得如何都無所謂。」

當然，我們也還不清楚B班能否信任。因為如果是狡猾之人，說不定會想出不僅能踢掉C班，就連D班也可以一併解決的作戰。即使沒有想得這麼深，想必也還是會基於某種程度上的保身基準來應對我們吧。

「那我們趕緊前往B班吧！」

「等等。」

我不禁抓住了櫛田的衣襟。

「喵！」

櫛田嚇了一跳，發出像是貓叫聲的慘叫。

「好萌～！」

櫛田這可愛的動作，讓山內的眼睛變成了愛心形狀。這八成是她計算好的喔……

雖然這麼說，不過我心裡也小鹿亂撞。

「櫛田的溝通能力在這件事情上確實不可或缺。不過，我想隨意進入其他班級，與交朋友是兩碼子事。」

「是這樣嗎？」

如果目擊者是那種願意無償幫助我們D班，或者是類似於這樣的人物，那就沒必要煩惱了。然而，假如對方是會打算利害關係的傢伙，就不知道人家肯不肯乖乖幫忙。

不試著談談看的話，也不知道對方是否會特地成為D班的助力。我們也是考慮到這點才會向B班發聲……不過結果究竟會如何呢？

「妳在B班有認識的人嗎？」

「有喲。雖然能斷言感情不錯的也只有幾個人而已。」

「我們先集中向這些人打探消息吧。」

我希望盡量別讓人知道我們這些D班的人已經開始拚命找起目擊者。

「一個一個來不是很費功夫嗎？一口氣問完絕對會比較輕鬆啦。」

池似乎不喜歡拐彎抹角的作戰，如此追問。

「我也覺得這樣好像有點太消極了呢。我認為從B班開始問起是很好，不過趁能問的時候多一點人果然還是比較好。不然也許會因為時機不對，而沒和目擊者說到話。」

「也是啊，或許如此。那就按照櫛田你們認為好的方法去做吧。」

「抱歉呀，綾小路同學。」

櫛田不好意思似的合掌道歉。她並沒有任何不對。意見理所當然會出現分歧。假如最後有複數方案，原則上會採取多數表決來做決定。我同意之後就退下來，交給櫛田他們去處理。這時，我忽然隱約感覺到了視線，便回頭看了看。

教室裡以平田他們為首，大約只有三分之一的學生還留著。

我想並沒有特別不對勁的地方。

至少我當時無法看清那份異樣感的真面目。

3

初次拜訪其他班級，感覺氣氛有點不一樣。明明基本構造相同，卻會有種像是走錯地方的感覺。棒球或足球的什麼主客場，也只是微乎其微的差異吧？——我得更正這種誤會了。真沒想到周圍是敵是友，讓人接受到的印象會如此不同。就算是池或山內看起來也都畏縮了。光是站在教室入口就這樣，何況是要走進去裡面。這實在很難辨到。

在這情況之中也只有櫛田毫不動搖。不僅如此，她一看見朋友就露出笑容，揮揮手，接著走進B班。這種態度還真厲害，我真想向這份精神看齊。櫛田進去教室後，不論男女都有人找她攀談。這種待遇跟在D班時完全沒變。

看見這副模樣，池跟山內比誰都還要忌妒。櫛田正在跟等級明顯比他們兩人都還高的帥哥們交談，而且看起來非常親近。

「可、可惡！把我的小櫛田當作目標的男生太多了的啦！」

什麼「的啦」啊……這是哪來的方言啊。

「池，別慌張。沒關係，我們跟小櫛田同班，所以我們稍微比較有優勢！」

這兩人雖然好像很不甘心，卻還是驕傲地彼此勾起手。教室裡還留有十餘人，櫛田開始對剩下的學生們說起須藤的事情。

話說回來，B班的氣氛與D班並沒有什麼不同。他們似乎也不是那種只有優等生的群體。他們班上完全沒有拘謹的氛圍，學生好像也都各自隨心所欲地行動著。校規上雖然是自由的，不過我原本預想他們的髮型或服裝感覺應該會更樸素一些。然而，B班不僅有染髮的人，也有女孩子的裙子長度短到甚至讓人想說「這太犯規了吧」。

簡單來說，應該就是所謂不可以貌取人吧。或者是說，B班在學力以外的條件比D班還優秀嗎……看來這間學校的構成方式還有許多謎團。

……我東想西想，結果開始覺得有點麻煩。

今天我只是陪櫛田過來，所以交給她就可以了。

我小心翼翼不讓池他們發現，與門口保持了一段距離。

「好想回去……」

因為我不想被人聽見這句即將脫口而出的自言自語。

從窗外就能看見操場上的田徑隊正在跑道上邊跑邊流著汗。

只要待在開著空調的學校裡面，就會非常不想出去外面。

「運動社團的傢伙，還真是努力啊。」

剛才在偵查B班的池出現在我身旁，跟我一樣看向窗外。這傢伙很沒有耐性，只能等待想必讓他相當無聊吧。

「我啊，覺得玩社團活動的傢伙們都是笨蛋。」

「怎麼突然說這個。這發言至少會與半數以上學生為敵喔。」

雖然我不清楚正確的比例，不過這所學校的社團參與率，應該最少也有六、七成。

「如果喜歡運動的話，當做興趣來做不就好了。辛苦訓練到那種地步，不是也沒什麼好處嗎？」

我覺得光憑好處、壞處來看待社團活動，從一開始就是件奇怪的事。

況且，社團活動本身就存在著許多好處。像構築人際關係的溝通能力，及失敗或成功的經驗——這些都是無法光靠讀書學來的東西。我這沒參加過社團的回家社，試著如此老王賣瓜了一番。

「或許吧。」

接下來我們為了櫛田的報告又等待了幾分鐘，然而，最後沒得到期盼中的消息。

高度育成高級中學學生基本資料 時間7/1

姓名	櫛田桔梗 Kushida Kikyou
班級	一年D班
學號	S01T004721
社團	無
生日	1月23日

評價

學力	B
智力	B-
判斷力	C+
體育能力	B
團隊合作能力	A

面試官的評語

她的學力、體育能力，都有著相當於B班的水平。在畢業國中所提出的報告中也有著極佳的印象評價。在本年度的面試中她也獲得了滿分的紀錄。乍看之下是個沒有問題的優秀學生。根據國小所提出的資料，她的交友範圍相當廣闊。從不論在高、低年級中都是大紅人的這點看來，可以說她有具有非常優異的溝通能力。然而，由於擔心其他資料中所記錄的某些事實，因此決定將她分配至D班。

導師紀錄

現階段並無任何問題。她身為班上的核心人物，每天都享受著校園生活。

意外的目擊者

隔天早晨。班上有一部分的人看起來正忙於交換消息。他們是昨天執行搜索目擊者的團體，平田小組以及櫛田小組。池他們雖然很討厭受歡迎的平田，但似乎對緊跟著平田的女生按捺不住興奮之情，看來很開心地熱絡聊天。就我所聽見的，平田他們好像也沒有得到比較有用的消息。看來事情並沒有簡單到放學後探聽一次就能找到目擊者。大家看來正在記錄直接問過話的對象，不時地操作手機並且做著筆記。

我的話則是一如往常的孤單一人。雖然櫛田有向我搭話，但我不擅長面對人群，而且即使待在那種場合，我也不會作出發言。於是，我就請她晚點再把情況告訴我。

另一方面，這名不斷拒絕櫛田邀約的鄰座同學，今天也依然一臉事不關己地進行著課堂的準備。

身為事件當事者的須藤，則還沒到校。

「唉——真的有辦法證明是C班那些傢伙們的不對嗎……」

「只要能找到目擊者，這也不是不可能的喲。一起加油吧，池同學。」

「就算妳說要一起加油，但說起來真的會有什麼目擊者嗎？須藤不是只說隱約覺得有而已嗎？這果然是騙人的吧？那傢伙很暴力而且還時常挑釁別人。」

「如果連我們都懷疑他，那事情就不會有任何進展了。不是嗎？」

「這雖然是沒有錯啦……可是假如結論是須藤的錯，那好不容易增加的點數，就會全部被沒收對吧？這麼一來就會是零點喔，零點。這樣下去不管到什麼時候，我們的零用錢都會是零。盡情玩樂根本就是個遙不可及的夢。」

「那時候大家再從頭開始存就行了。我們也才入學三個月而已嘛。」

今天我們班的英雄也毫不動搖地說著了不起的話。女生因為平田這種耿直的發言而紅了雙頰。輕井澤似乎對她自豪的男朋友非常引以為傲，因而表現得一臉得意。

「我認為點數很重要。它不是還會關係到大家的幹勁嗎？所以無論如何我都想死守著班級點數。即使它只有八十七點。」

「我了解你的心情。但太執著於點數而看不見本質是很危險的。對我們來說，最重要的事情始終都是珍惜夥伴。」

池對於平田這濫好人發言表現出狐疑的態度。

「就算……錯的人是須藤也一樣？」

明明不是自己的錯卻遭受責怪，心裡一定會覺得不好受。這是理所當然的。

然而，平田卻毫不遲疑地點了頭。池被這種彷彿訴說「犧牲自己根本不算什麼」的直率想法給鎮住似的低下了頭。

「平田同學說的話雖然很正確，但我果然還是很想要點數呢。A班那些人每個月都能得到將近十萬圓。我真是超羨慕的。而且也有女生買了一堆流行服飾及配件。與其相較之下，我們豈不就像是在最底層嗎？」

坐在桌上的輕井澤搖晃著雙腿。看來同年級學生之間的壓倒性差距讓她痛苦得不得了。

「為什麼我不是一開始就在A班啊？要是我在A班的話，現在應該正過著非常快樂的校園生活吧。」

「我也覺得要是在A班就好了呢。這樣就可以和朋友去各種地方玩了。」

回過神來，拯救須藤的局面，已經轉為各自的妄想。

雖然除了隔壁的我之外不會有人發現，但堀北對池和輕井澤的妄想不由自主地失笑出來。她應該是想說「你們怎麼可能一開始就在A班」吧。

接著，她似乎為了不讓自己受到噪音影響，於是隨即拿出從圖書館借來的書，開始閱讀起來。我看了一眼，發現是陀思妥耶夫斯基的《群魔》。選得真好。

「要是有那種一瞬間就可以升上A班的祕訣就太棒了。要存班級點數實在太困難了吧。」

我們跟A班的差距大約是一千點。不用說也知道天差地遠。

「你就開心吧，池。有個唯一的辦法，能夠讓你瞬間升上A班。」

教室前門傳來了這樣的聲音。茶柱老師在距離課堂開始還有五分鐘的時間點來到了教室。

「老師……妳剛才說什麼？」

不禁差點從椅子上跌下去的池端正了姿勢，並且如此回問。

「我說，即使沒有班級點數，也有方法能夠升上A班。」

正讀著書的堀北也抬起了頭，像是想了解這是真是假。

「又來了～小佐枝老師，妳別再捉弄我們了啦。」

「我才不會受騙。」就連平時會咬著話題不放的池，這次也都如此笑道。

「這是真的。這所學校也備有這種特殊方法。」

然而，如此回話的茶柱老師看起來完全不像在亂說話。

「看來……這似乎並不是為招來混亂的詭計呢。」

就算茶柱老師有時候不會提供該給的消息，但應該也不會說謊吧。

池那嘿嘿傻笑的態度，也逐漸開始改變。

「老師，那個，請問您所謂的特殊方法是什麼呢……？」

池為了不得罪老師，便像是在請示上級般如此問道。

已經進教室的學生們也全都看向了茶柱老師。

即使是不覺得升上A班會有多大好處的學生們，應該也都認為預先知道這種方法不是什麼壞事吧。

「我在入學典禮當天應該已經通知過了。這間學校裡沒有點數買不到的東西。換句話說，意思就是你們可以使用個人點數來強行換班。」

茶柱老師輕瞥堀北和我一眼。用點數向校方購買考試分數的這個方法，我們已經實際嘗試過。這就是老師所言不假的證據。

班級點數跟個人點數是連結在一起的。假如沒有班級點數，也就不會有每個月匯入的個人點數。不過，這也不完全等於無法獲得點數。預先知道這件事也算是不錯。只要有轉讓等方式存在，理論上即使班級點數是零，也可以收集個人點數。

「真、真的假的！要存多少點數才能夠做到這種事情呢！」

「兩千萬。你們努力存吧。這麼一來就能升上喜歡的班級了。」

池聽到這不合理的數字，便從椅子上誇張地跌下去。

「兩千萬？……這不是絕對不可能的嗎！」

各個座位也同樣噓聲四起。期待越多，失望越大。

「確實正常來說不可能。但由於這將會無條件晉升A班，所以點數這麼高也是當然的吧。假設減少了一個位數，那麼三年級畢業前夕A班人數應該會超過一百人。這種A班一點價值也沒有。」

這並不是只要維持每個月分發的十萬點，就能夠簡單達成的數字。

「那麼請問……過去有沒有學生成功更換過班級呢？」

這是理所當然的問題。高度育成高級中學創立以來已經過了大約十年。應該有成千上百名學生在這所學校戰鬥到最後。要是其中存在著達成目標的人，即使只有一點點，但這也會為其帶來真實感。

「很遺憾，過去並沒有人成功。理由應該非常明顯吧。即使入學開始就精準維持班級點數，並且也不使用點數，三年期間就是三百六十萬。就算像A班那樣有效率地增加點數，也不知道能否達到四百萬。正常存點數是絕對不夠。」

「這樣豈不就跟辦不到是一樣的嗎……」

「實際上近乎不可能，但並非不可能。這差別可是很大的喔，池。」

然而，在我察覺時，班上半數學生都快要對這話題失去了興趣。

對目前希望獲得一兩百點個人點數的D班而言，兩千萬這種高額點數是個在想像範圍之外遙不可及的夢。

「請問能不能讓我問一個問題呢？」

舉手發問的人，是剛才靜觀情況的堀北。她應該是判斷事先詳細了解晉升A班的手段是再好

不過的吧。

「請問學校開設以來，過去學生最多存了多少點數呢？如果有例子作參考的話，我希望您能告訴我。」

「這個問題相當不錯啊，堀北。他應該是在距今三年前，即將畢業的B班學生吧。有一名學生存到了一千兩百萬左右的點數。這在當時成了話題。」

「一、一千兩百萬！而且還是B班的學生！」

「不過那名學生結果沒有存到兩千萬點，而且在畢業前就遭受退學了。退學的理由是——因為那名學生為了存點數，而進行了大規模的詐騙行為。」

「詐騙？」

「他一個接著一個地欺騙剛入學且知識淺薄的一年級學生來收集點數。雖然他應該是打算存兩千萬來轉上A班，但是校方不可能會允許這種暴行，對吧？我認為著眼處並不壞，可是對於破壞規則的人，校方就必須好好地施予制裁呢。」

別說是成為參考，這些話讓我們理解要達標是更加趨近於不可能。

「剛才那些話的意思是，即使我們做出犯罪般的行為，極限也是一千兩百萬呀。」

「看來我也只能放棄，並且乖乖靠班級總和點數來往上爬了呢。」

堀北彷彿覺得特地舉手發問的自己像個笨蛋，接著重新開始讀起書來。

所謂世上哪有這麼便宜的事情，就是這麼一回事吧。

「這樣啊。你們當中還沒有人在社團活動中獲得點數。」

茶柱老師偶然想起似的做出令人意外的發言。

「那什麼意思啊？」

「依據學生在社團活動中的活躍及貢獻程度，有時候會出現個別發放點數的案例。例如，像是書法社的人如果在比賽中獲獎，這種狀況校方就會給予與其相應的點數。」

班上的同學們對於初次聽聞的通知大吃一驚。

「只、只要在社團活動裡表現活躍，就能獲得點數嗎！」

「是的。除了這個班級，其他班很可能都已經確實通知完畢了。」

「喂，這太過分了吧！妳應該早點說啊！」

「都忘記了也沒辦法吧。再說，社團活動並不是為了獲得點數才參加的。這件事實無論你們何時知道，照理說也都不會有影響。」

茶柱老師毫無反省之意地說道。

「不不不，沒有這回事。如果知道這件事的話，我——」

「我就會參加社團了——你不會打算這麼說吧？你難道認為用這種草率的心態參加社團，就可以得到獲獎或是在比賽中表現活躍這類結果吧？」

「這——或許妳說得沒錯……！但這還是有可能的吧！」

茶柱老師的說詞，與池的說詞，我都能夠理解。原本不想玩社團的人就算為了點數而參加社團，幾乎也只會一事無成地結束吧。豈止如此，以半吊子心態加入社團，也可能會妨礙到認真埋頭於社團活動的學生。

但相反的，為了點數而加入社團，也有可能讓才能開花結果。

無論如何能說的就是——我們的班導非常壞心眼。

「不過現在想想，說不定我們在更早的階段就能看出來了呢。」

「這是怎麼回事呢，平田同學？」

「你們回想看看，體育的東山老師在游泳池的時候不是有說過嗎？他在第一堂課時，說會發給第一名的學生五千點。那是為了讓我們看穿這件事情的布局。只要這麼想的話，這件事就很有真實感了。」

「我怎麼可能會記得啊。」池垂頭喪氣地抱頭說道。

「如果可以得到點數，不管是書法、手工藝還是什麼的，說不定我都已經在做了……」

池好像只看見好的一面，但我想其中當然也是另有隱情。

如果不認真投入社團活動並且胡鬧的話，照理說也會在審查上遭到扣分。草率選擇應該只會自取滅亡。

不過，社團活動中的成績將反映於點數——這件事情變得明確也相當重要。

「堀北。拯救須藤的價值這不就出現了嗎？」

「就因為他在玩社團，所以你要我救他？」

「須藤才一年級就可能選上正式球員的事，妳上次也聽見了吧？」

堀北像是回想起來似的輕輕點頭。

「原來這是真的呢……」

看來她至今都是半信半疑。

「擁有多一點個人點數是再好不過的，對吧？他不僅能支撐自己的不及格分數，而且還能像我們這樣去拯救別人。」

「不過我很難想像他會為了別人而自掏腰包呢。」

「我是針對『存下點數是再好不過的』這件事。妳明白吧？」

無論是班級點數還是個人點數，多一點都會比較好。

因為這絕對不會變成扣分因素。

再說，現階段也還沒弄清楚賺取分數的方法。如果須藤待在班上能夠增加獲得點數的機會，應該就稱得上是十足的貢獻了吧。堀北也陷入了沉默。若要說為何，那是因為堀北現在也還沒能力生出點數。

「我不打算強迫妳幫忙，但是妳應該也得稍微認同一下須藤的存在了吧。」

堀北說話雖然很苛刻，但還是會確實地掌握、認清利害關係。

她應該會好好接受事實。

我認為沒有必要繼續多嘴，因此結束了對話。

堀北則做出了沉思的動作，度過無語的一段時間。

1

同學們聽了那段像童話的事後，班上的氣氛雖然暫時熱鬧了起來，但卻又立即被現實拉回。放學後，大家便像昨天那樣四處打聽目擊者的消息。

另一方面，我對櫛田以及池他們高明或說自然的對話互動相當佩服及驚訝。我一面對此表示敬意，一面獨自在後方像背後靈似的四處跟著走。

連跟同班同學盡情談天都無法辦到的我，明顯不可能勝任得了尋找目擊者的任務。初次見面就能像老朋友般交談的這些傢伙，究竟是什麼東西啊？怪物嗎？

根據情況，他們不只是姓名，就連對方的連絡方式都有要到。也有或許是被櫛田他們人格所影響而主動前來詢問狀況的人。這也是個了不起的才能呢……

櫛田他們在時間允許之下也前往了二年級學生的教室，然而，卻沒得到有力的線索。

放學後隨著時間經過，學生的數量也急遽減少。我們在已經開始沒有學生與我們擦肩而過的時候，選擇將搜索告一個段落。

「今天也不行呢……」

大家為了重新研擬作戰，而來到我的房間。

不久須藤過來加入後，我們就開始進行了討論。

「怎麼樣啊？有什麼進展嗎？」

「完全沒有耶。須藤，目擊者應該真的存在吧？」

我也明白池想懷疑的心情。即使加上學校的通知，我們又四處打聽消息，但別說是目擊者，就連半點能獲得消息的跡象也沒有。

「啥？我又沒說誰也有在場，我是說好像有其他人的動靜。」

「咦……是這樣子喔？」

「須藤同學確實沒說他『看見人』呢。他只是說『總覺得有人』而已。」

「這種東西難道不是須藤的幻覺嗎？而且他應該有在嗑什麼危險的藥物吧。」

不，再怎麼說這也講得太過火了……須藤用頭蓋骨固定技扣住了池。

「啊——！投降！投降！」

姑且不論玩在一起的這兩個人，櫛田與山內正持續苦思。

我們做了各種討論，約莫十分鐘後，櫛田像是靈光乍現般開口說道。

「也許稍微換個方向會比較好呢。例如像是尋找看見目擊者的人。」

「尋找看見目擊者的人？總覺得不太懂妳的意思耶。」

「就是要尋找事件當天有沒有人看見誰走去了特別教學大樓對吧？」

「嗯，怎麼樣呢？」

以突發奇想來說，這是個不錯的主意。雖然幾乎沒有學生進入特別教學大樓，但是大樓入口本身卻處在大家目光所及的範圍之內。也就是說，只要出現「我在那個時間看見某人進入特別教學大樓」的證言，那就代表更接近目擊者一步了。

「這不是很好嗎？那一切就拜託你們了。」

回過神來，身為事件當事人的須藤就已經開始在用手機玩著他最近很入迷的籃球社群遊戲來消耗精力了。他好像在說奇蹟世代怎樣之類的，我不太明白他在說什麼。他接著做出了勝利姿勢，似乎是贏了遊戲。

雖說須藤也沒辦法做什麼，不過池跟山內對他那副模樣似乎很不服氣。即使如此他們也沒當場發洩不滿，應該是因為須藤的反擊很恐怖吧。也就是他們假裝自己沒看見。

明天就已經是星期四了。到了星期六日，四處探聽消息也會變得更不容易。實際上時間可以說是所剩無幾吧。

就在這種時候，玄關的門鈴響起，出現了訪客。

會拜訪我房間的極少數人員都已經全部聚集在這裡了。

我一邊心想「該不會是那個人？」並一邊應門，結果露臉的果真是我猜想的那號人物。

「關於目擊者，你們有進展了嗎？」

堀北彷彿看透一切似的用高高在上的語氣問道。

「不……還沒有。」

「因為對象是你，我才願意說出來。關於目擊者，我有點——」

堀北話說到一半，就注意到地上擺放著多雙鞋子。

她接著打算掉頭就走，因此我便急忙留住她。

櫛田可能是在意我遲遲不回，於是偷偷探過頭來。

「啊！堀北同學！」

櫛田滿面笑容地大力揮手。堀北看見這副模樣，當然嘆了口氣。

「看來妳只能進來了喔。」

「看來是呢……」

堀北的樣子看起來很無奈，接著不情願地進了房間。

「喔、喔喔！堀北！」

最高興的當然是須藤。他中斷社群遊戲站了起來。

「妳願意幫忙我了嗎？我真的很歡迎妳呢。」

「我並沒有那種打算。你們好像連目擊者都還沒找到呢。」

櫛田無精打采地點點頭。

「如果妳不是來幫忙，那是來做什麼的啊？」

「我只是有點在意你們用什麼計畫來行動。」

「就算妳只是願意聽，我也很開心喲。我也希望妳能給點建議。」

櫛田說出剛才她想到的點子。堀北的表情始終都很僵硬。

「我不會說這個計畫不好，只要時間充裕的話，遲早也可能會得到結果呢。」

時間確實是個阻礙。能否在剩餘幾天之內拿出結果，實在讓人很沒把握。

「既然已經確認完現狀，那麼我就先失陪了。」

堀北似乎不想久待，還沒坐下結果就要離開了。

「妳不是有想到什麼嗎？關於目擊者的消息之類的。」

剛才在玄關她明顯打算說這件事。

這傢伙也沒友善到會毫無意義地拜訪我的房間。

「……對於正在付出低成效努力的你們，我只給一個建議。所謂遠在天邊，近在眼前。目擊須藤同學事件的人物確實存在，而且就在我們的身旁。」

堀北帶來的消息比想像中還要更加重大。

我們就連是否存在都很懷疑了，她卻說得好像已經發現了目擊者。

「這是什麼意思啊，堀北？目擊者……妳是說真的嗎？」

比起喜悅，須藤先是感到驚訝以及懷疑。這也沒辦法。

包括我在內，在場的每個人在聽見答案之前都不會相信吧。

「是佐倉同學。」

堀北說出意想不到的人名。

「佐倉同學？是同班的那個女生嗎……？」

山內與須藤彼此對視，看起來彷彿想說「佐倉是誰啊？」。這或許也沒辦法。實際上就連我也都沒有馬上想起。

「這次事件的目擊者真面目就是她。」

「為什麼妳能夠這麼肯定啊？」

「櫛田同學在教室說出有事件目擊者時，她低垂著雙眼。多數學生都看著櫛田，或者是一臉

不感興趣。然而，當中只有她一人是這樣呢。事情如果與自己無關，是不會擺出那種表情的。」

我完全沒有注意到。堀北在那種情況下還能不漏看班上同學的動作，我對她的觀察力坦率地表示佩服。

「你也是盯著櫛田同學的其中一人，所以這也沒辦法呢。」

總覺得她的說法好像是在挖苦我。

「換句話說，意思就是那個叫作佐倉還是小倉的，很可能是目擊者嗎？」

須藤說出就連當今年輕藝人都不會搞笑裝傻的玩笑話。

「不，佐倉同學毫無疑問就是目擊者。剛才我直接向她確認過了。雖然她沒有承認，不過應該是她沒有錯。」

堀北在我們不知道的時候，依她自己的方式展開了行動。

大家對於堀北為了班上四處奔波，感到十分感動。

「妳果然為了我……！」

雖然須藤好像是在感動別的地方。

「你別搞錯。我只是不希望你們把時間花在尋找目擊者這種徒勞無功的事情上，並將醜態暴露給其他班級看。僅止如此而已。」

「呃——總之妳幫助了我們對吧？」

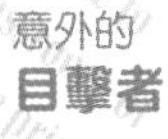

「要怎麼解釋都隨妳便。但是我要澄清一點，就是事情並非如此。」

「又來了～什麼嘛，妳根本是傲嬌嘛，堀北～」

池開玩笑似的打算拍堀北的肩膀，但他的手臂卻被抓住，還被壓倒在地。

「痛痛痛！」

「別碰我。沒有下次了。下次你要是再碰我，直到畢業之前我都會一直瞧不起你。」

「我、我沒有碰到妳啦……雖然是有打算碰妳……好痛！好痛！」

池又是嚐到頭蓋骨固定技，又是遭到手臂固定技的，真是災難連連。雖然這是他自作自受。

話說回來，剛才那些並不是一般女孩子能夠做到的動作。從堀北的哥哥會空手道、合氣道來推測的話，這傢伙應該也有在學些什麼吧？

「唔唔……我的手臂……！」

「池同學。」

堀北叫了在地上痛苦掙扎的池。她應該是覺得自己做得太超過了吧。

「能容我更正內容嗎？直到畢業之前，事情可不會只有瞧不起你這麼簡單。」

「唔唔唔！這樣更過分了！」

池遭受言語上的追擊，精疲力竭地倒了下去。

不過是佐倉嗎……目擊者居然偏偏出現在D班。

很難講這稱不稱得上是個好消息。

「這不是太好了嗎，須藤？如果是D班學生，那她絕對會願意作證的！」

「喔。我雖然很高興有目擊者，不過佐倉是誰啊？你認識嗎？」

山內對須藤不清楚的模樣感到吃驚，接著如此答道：

「你是認真的嗎？她就是坐你後面的女生啊。」

「不是吧，是左前方吧？」

「你們都說錯了喲……是須藤同學的右前方。」

櫛田看起來有點不高興地如此更正。

「右前方……我完全不記得耶。雖然我是有感覺到好像有誰坐在那裡啦。」

這是當然的吧。如果只有右前方的座位空著，那也太莫名其妙了。

那名叫作佐倉的女孩確實存在感薄弱。但即使如此，就連對方的存在都不曉得，還真是個大問題。

「我應該認識她喔。我總覺得好像有點耳熟。」

須藤有種腳碰不到地的輕飄飄感。

「跟我說說她有什麼特徵吧。」

「那麼，就是那個啦。她是班上胸部最大的女生。這樣講的話你就知道了吧？不是有個胸部特大的女生嗎？」

池復活過來回答佐倉的特徵。但再怎麼說，光憑這些也無法讓人明白吧。

「啊——是那個不起眼的眼鏡女呀。」

你們還真的把這一點掛記在心上了啊……有點讓人傻眼。

「不可以用這種方式去記住人家啦，池同學。這樣她很可憐。」

「不、不不……不是啦，小櫛田。這是那個啦，我絕對不是抱持著不正當的心情在說。妳看，我們不是會用『這男生身高很高』等印象大略去記人嗎？我只是同樣準確掌握住對方的身體特徵而已……！」

櫛田對池的信任感急遽消失。池雖然急忙挽救，卻已經太遲了。

「可惡！不是……不是這樣啊！那種不起眼的女生，我又完全不喜歡！不要誤會我啦！」

不，我想她完全沒有誤會這點。

大家放著崩潰大哭的池不管，就這樣把話題轉移到佐倉身上。

「剩下的就是佐倉同學知道多少了呢。這部分情況如何呢？」

「誰知道呢？這也只能向她本人確認了呢。」

「那我們接下來一起去佐倉的房間不就好了嗎？也沒什麼時間了。」

山內提出的建議似乎說得過去，但這還是得取決於對方的個性及想法吧。

難。

佐倉在班上是個性格非常乖巧的女生。要是不熟的人忽然不請自來，也不難想像她會感到為難。

「那麼，我先試著打通電話吧？」

這麼說來，櫛田知道包含我跟堀北在內的全班同學連絡方式。

櫛田將電話貼在耳邊約莫二十秒，但接著搖搖頭，結束通話。

「不行，她沒接呢。我待會兒再打打看，但這樣也許會有點怪怪的。」

「怪怪的是指？」

「即使她有告訴我連絡方式，但我覺得被不熟識的我連絡，她也會困擾呢。因為我實際找她說話，她好像也不太想理我。」

表示她有可能是假裝沒接到嗎？

「意思是她就像是堀北這類型的人嗎？」

我覺得在堀北本人面前使用這種問法很有問題喔，池。

雖然堀北似乎不介意。不如說，她對池的發言好像沒什麼興趣。

「再見。」

「啊，堀北同學！」

堀北抓準時機忽然站起來，接著走向了玄關。

當我們站起來想追上去時，就聽見「啪」的關門聲。

「真是個傲嬌的傢伙。」

須藤一邊用食指蹭蹭鼻尖，一邊有點開心似的嘿嘿笑。

雖然我覺得那傢伙既不傲也不嬌，屬性完全是「無」……她是無傲、無嬌才對。

既然堀北都回去了，少了她也沒辦法。我們於是繼續進行話題。

「佐倉同學感覺應該是單純很怕生吧。就我的觀察而言。」

了解幾乎沒怎麼說過話的人才奇怪吧。

「她不管做什麼都很不起眼呢。真是空藏美玉呀。我是指這個。」

「是呀是呀。她的胸部真的特別大。她要是能可愛點就好了呢！」

山內這麼說完，就故意做出雙手捧胸的動作。

池才在後悔剛剛的發言，結果現在似乎已經忘記過去的反省，興奮地這麼說道。

啊，櫛田又露出了苦笑。池發現之後，又開始後悔自己搞砸了。

人是種會重複失敗的生物——他的生活方式就像是這句話的最佳寫照。

若要說當中的問題之處為何，就是我明明沒做任何發言，卻總覺得櫛田彷彿把我跟池、山內視作同類。櫛田露出的苦笑，就像是想說：「反正你也是滿腦子胸部吧？你這個大變態。」當然，這只是我擅自的被害妄想。

「咦？佐倉長什麼樣子啊？不行，我完全想不起她的長相。」

佐倉的名字跟長相我則是勉強對得上。我是在之前被拉去參加賭局時記住的，而那次也是跟胸部有所關聯。看來我似乎也是一丘之貉呀……

佐倉有種總是獨自靜靜駝著背的形象。

「這麼說來，我還沒看過佐倉跟誰講過話耶。山內你呢？呃，咦……？山內你好像說過自己被佐倉告白對吧？這樣的話，不就能順利跟她問出消息了嗎？」

這麼說來山內確實說過這種話。我因為池這些話而回想起來。

「啊，啊——嗯……我好像說過這種話，但也好像沒有說過耶。」

山內迅速裝傻。

「果然是騙人的啊……」

「笨……才不是呢。這才不是騙人的，只是我搞錯了。對方不是佐倉，而是隔壁班的女生啦。她也像佐倉一樣是個性格陰沉的醜女。喔！抱歉，我收到郵件了。」

山內說了這些話打算蒙混過去，接著便拿出手機裝模作樣地操作著。

佐倉確實很不起眼，但好像也不是醜女。雖然我沒有清楚直視過她的臉，不過她的容貌似乎相當端正。

即使如此我也無法很有把握地斷言，果然是因為佐倉沒什麼存在感的緣故吧。

「明天我先自己去問問看她喲。我覺得一群人向她搭話，也只會讓她產生戒心。」

「這麼做應該不錯。」

要是櫛田無法卸下佐倉的心房，那麼誰都無法說服她了吧。

2

「……好熱……」

這間學校的制服並不會換季，一整年都規定穿西裝外套。其理由很簡單，因為基本上無論何處都設有完善的冷暖氣設備。缺點就只有上下學時的炎熱感。

早上上學時間。在宿舍到學校的幾分鐘，我知道自己的背已經開始冒出一層薄薄的汗水。

我逃命似的進入校舍，接著迎接我的便是涼爽的空間。

對有晨練的學生來說，這還真是地獄。努力晨練完的男女生，正聚集在教室的冷氣出風口附近。旁觀者看來，這就像是群聚在燈光下的蟲子。這個比喻好像不是很好。

「綾小路同學，早安。」

向我打招呼的人是平田。今天他的表情也非常爽朗。我從他身上隱約聞到了甜甜的花香味。

如果換成女孩子，八成會忍不住說出「抱緊我吧！」來如此懇求平田。

「我昨天從櫛田同學那裡聽說了喔。她說找到目擊者了呢。好像是佐倉同學。」

佐倉還沒到校。平田往她的座位看了過去。

「你平常會跟佐倉說話嗎？」

「我？不……只有打招呼的程度。她在班上總是一個人。雖然我也想做點什麼，不過如果對方是異性，我也沒辦法硬是邀請人家呢。雖說如此，拜託輕井澤同學似乎也會產生一些問題。」

超積極派的輕井澤，與佐倉之間的對話——這還真是難以想像。

「我想我們還是暫時先等櫛田同學的消息吧。」

「是沒問題，不過你為什麼要跟我說啊？去跟池或者山內講會比較好喔。」

把話告訴我這種小隊（？）中最低階的人，也沒有任何意義。

「沒什麼特別的理由……但硬要說的話，應該是因為你也能連繫堀北同學吧？因為堀北同學除了你之外，好像都不會跟別人說話呢。」

「原來如此。」

唯有這點，我比那兩個人都還更加能夠勝任。我應允後，平田就露出了可愛的笑容。

如果換成女孩子，剛剛那種動作想必會讓她的心動點數達到一百，並且心跳不已吧。

「對了。如果可以的話，我們最近一起出去玩吧。怎麼樣呢？」

喂喂喂，這傢伙光是女生還不夠，打算讓我也心跳不已嗎？

假如你以為熱愛孤高的我會輕易答應英雄的邀請，那就大錯特錯了。

「嗯，是可以啦。」

啊！我講出與心中反感完全相反的話了。可惡，我的嘴巴怎麼這麼壞。

我才完全沒有在等平田來邀我出去玩呢。

對、對啦。這都是日本人這種民族的錯。因為生性無法說ＮＯ，因此只要受到邀約就會迷迷糊糊地跟著去。

「抱歉，你是不是沒興趣呀？」

平田察覺到我好像正在煩惱。

「我去，我去。我當然要去。」

我用可能會讓人感覺有點噁心的語氣回答道。

我雖然試著佯裝自己是個自尊心高的男人，但實際上卻想去得不得了。

「不過，你女朋友沒關係嗎？」

「嗯？喔，你說輕井澤同學？沒問題的。」

他的反應真乾脆呢。嗯，情侶的交往方式應該也是千差萬別吧。

從他們還互相稱呼姓氏這點來看，他們間的距離或許還不算很靠近吧。

我依依不捨地與平田道別，接著便一邊滑著手機，一邊等待朝會開始。

等我回過神來，佐倉就已經坐到位子上了。

她也沒在做什麼事情，看起來就只是坐在位子上等待時間經過。

佐倉究竟是個怎麼樣的學生呢？

在這個班級開始生活三個月，大家卻除了她的姓氏之外，對其他消息一無所知。

而且這不光是我，班上的其他人似乎也都不知道。

櫛田與平田很積極，不論跟誰都能打成一片。而堀北則不會對孤獨感到痛苦。

那麼佐倉呢？她跟堀北一樣喜歡獨自一人嗎？還是說，她也像我一樣不曉得與人的相處之道，因此正在煩惱呢？櫛田應該會幫我弄清楚這個疑問吧。

3

放學後，櫛田在班會結束的同時離開座位，然後來到靜靜準備回家的佐倉身邊。櫛田的模樣很罕見地看起來有點緊張。

池、山內還有須藤似乎也很在意對話內容，而將注意力放在櫛田她們身上。

「佐倉同學。」

「……什、什麼事……？」

戴著眼鏡的駝背少女看起來很沒勁地抬起了頭。

她似乎沒想到會被人搭話，模樣顯得有些慌張。

「我有些事想請教妳，可以嗎？是關於須藤同學的事情……」

「對、對不起，我……接下來還有安排……」

佐倉擺出很明顯的尷尬表情，並且撇開了視線。她強烈地散發出一種不擅長或者不喜歡跟人說話的氛圍。

「我不會占用太多時間喲。這件事情很重要，所以我希望妳可以告訴我。須藤同學被捲進事件時，佐倉同學妳是不是就在附近呢……？」

「我、我不知道。堀北同學也這麼對我說過，可是我真的完全不知道……」

佐倉的話語雖柔弱，但她清楚地表示了否定。

櫛田應該也不想對表現排斥態度的佐倉做出強行逼問的行為吧。

雖然櫛田露出有點不知所措般的苦惱表情，卻又立刻恢復了笑容。

她應該是覺得即使如此也不能在此輕易作罷吧。

因為佐倉的存在，說不定會大幅影響須藤未來的待遇。

「我……可以回去了嗎……」

不過，佐倉的模樣好像哪裡怪怪的。看起來並非單純不擅長與人對話，而是在隱瞞些什麼。這點從她本身的行為也看得出來。

她隱藏著自己的慣用手，同時連視線交錯都不願意。即使不擅長與人眼神交會，也會在某種程度上看向對方。可是佐倉卻一點也不打算面向櫛田。

如果對象換成我或者池，那也還能理解。她跟櫛田在形式上也交換過連絡方式。面對這種對象，她所表現出來的舉止實在很異常。堀北從她身上感受到的異樣感並沒有錯。想必她也像我一樣發現了幾個可疑之處。

「我現在能不能占用妳一點時間呢？」

「請、請問這是為什麼呢？我明明什麼也不知道……」

若要說櫛田有什麼失敗之處，那也許就是在這種場合向她搭話。

不自然的對話要是拖得越久，必然會集中周遭目光。

然而，這對櫛田來說應該是個完全的失算吧。她認識佐倉，而且還交換了連絡方式。以櫛田看來，她應該預想自己可以更順暢地跟佐倉對談吧。

如果她沒料到會遭受拒絕，那麼這種狀況也就能理解了。

在我旁邊守望著事情經過的堀北，露出有點得意的表情往我看了過來。

我知道妳的洞察能力非常優異啦……

「……我不擅長與人相處……對不起。」

她完全不想接近櫛田，這真的很不自然。

櫛田對於過去曾經說過話的佐倉，是這麼形容的——雖然溫和乖巧，但就只是個普通的女孩。

她剛才的態度明顯不尋常。櫛田似乎也感受到了這點，因此藏不住心中的困惑。櫛田明明就擅長與人拉近距離，這次卻進行得不順利。

堀北也正因為清楚這點，看了她們的互動後，便得出了一個結論。

「真是棘手呢。沒想到她無法成功說服。」

堀北說得沒錯。這個班級恐怕沒有人比櫛田更有辦法與佐倉交談。

即使對象不擅長與人相處，櫛田也能營造出讓人自然對話的空間。

不管是誰都擁有一種叫作個人空間或者個人領域的東西，它是種「若是被別人靠近就會感到不愉快的空間」。

身為文化人類學者的愛德華・霍爾，把個人空間更細分成四種。其中有一種空間領域叫作親密距離。當他人靠近到可以抱住自己的程度，也就是踏入親密距離中的「極近距離」時，人當然會表現出強烈的排斥感。不過，如果是情人或好友，就不會對這種距離感到不舒服。櫛田的情況則是即使她踏入了關係不深者的極近距離內，大致上都不會令人排斥。應該說是不會使人意識到親密距離的存在。

然而，佐倉卻對櫛田表現出露骨的排斥感。

不對……她看起來是打算逃跑。

彷彿像是在印證這件事情一般——她現在已經不再使用一開始所說的「我接下來有安排」這句話了。如果是接下來真的有安排的人，照理說會一直重複這句話。

佐倉像是要跟櫛田保持距離似的收拾書包，接著站了起來。

「再、再見。」

她似乎判斷對話無法好好結束，所以選擇逃跑。

佐倉緊抓放在桌上、應該是她個人物品的數位相機，然後邁出步伐。

就在這個時候，她的肩膀撞到了邊走邊用手機跟朋友聊天，沒在看路的本堂。

「啊！」

數位相機從佐倉的手上滑落，接著摔到地上發出巨大的聲響。本堂似乎想把注意力集中在手機上，簡單說聲「抱歉抱歉」，就走出了教室。

佐倉急忙撿起數位相機。

「騙人……畫面出不來……」

她摀著嘴巴，明顯大受打擊。看來數位相機因為撞擊而壞掉了。佐倉按了好幾次電源按鈕，也重新安裝了電池，不過相機卻完全沒有開機的跡象。

「對、對不起。都是因為我忽然向妳搭話……」

「不是的……是我自己太不小心了……再見。」

櫛田沒辦法叫住灰心喪志的佐倉，只能懊悔地目送她離開。

「為什麼我的目擊者會是那種陰沉女啊，真是倒楣。她到底有沒有意思要救我啊。」

靠在椅子上蹺著二郎腿的須藤，深深嘆息並吐出了這段話。

「她一定是有什麼苦衷。而且佐倉同學也還沒親口說她有看見。你不可以直接這麼說她喲。」

「我知道啦。我要是打算說的話剛才就會講了。我已經是成人了，所以懂得自我克制。」

「須藤同學，目擊者是她的話，說不定反而是件好事喔。」

「這是什麼意思啊？」

「她一定不會當你的目擊者並替你作證。這個事件也將會處理成是你擅自引起的。雖然最後無可避免會對D班造成影響，不過幸虧時間點是現在。使用暴力，再加上偽證。我不認為這場牽連到校方的騷動會只有一、兩百點的懲罰。只要想到只會失去現有的八十七點便能了事，這也可以說是很幸運了呢。校方也無法漠視你申訴冤枉，所以理應不會讓你退學。雖然想必責任比例會大於C班。」

堀北似乎至今都把想說的話都藏在心中。這次她毫不留情地滔滔不絕。

「別開玩笑了。我是冤枉的啦，冤枉的。我打人也只是正當防衛。」

「正當防衛不是這麼天真的事。」

啊，這點我之前說過。

「欸，綾小路同學。」

我的肩膀被戳了戳，而回過頭就看見櫛田的臉非常靠近我。從近距離看櫛田也相當可愛。我不但沒有感受到親密距離被入侵的不快，甚至還想要她更靠近一點。

「綾小路同學，你是站在須藤同學這一邊的吧？」

「嗯……是沒錯。不過，妳怎麼又重問了一遍？」

「你看，因為情勢有點險惡，而且總覺得大家想救須藤同學的心情正在減弱。」

我環視教室一圈。

「是啊，我想大概是吧。雖然這真的也沒辦法。」

關鍵目擊證人——佐倉，要是否認的話，那麼也無法有所進展。

「我不覺得能找到完美的解決方案。我們放棄吧，須藤。」

池也像是失去了一半幹勁似的如此嘟噥道。

「什麼啊，你們不願意幫忙我嗎？」

「因為……對吧？」

池彷彿在尋求認同般向班上剩下的同學們搭話。

「就連你的朋友似乎也沒打算幫忙。真遺憾呢。」

班上剩下的學生們並沒有否定池和堀北說的話。

「為什麼就只有我會碰到這種事啊？真是一群沒用的東西。」

「你說的話還真有趣呢，須藤同學。你有發現這一切都像是回力鏢嗎？」

「妳這話是什麼意思？」

雖然班上的情勢數度變得險惡，但今天卻更勝以往。

不過，看得出來須藤因為對象是堀北，而正在盡全力克制情緒。

此時，意想不到之處飛來一把利刃。

「你應該還是退學會比較好吧？你的存在很不美麗。不，應該能夠說是醜陋吧。Red hair同學。」

這個男人每天都看著隨身攜帶的手拿鏡，整理自己的髮型。

他是在這個班級中格外顯眼的男人——高圓寺六助。

「……你說什麼？你再說一次試試看啊！喂！」

「要重說好幾次實在太沒效率了。真是Nonsense。你若是自覺理解能力很差才這麼說的話，我是不介意特別為你再解說一次啦。」

高圓寺一次也沒將視線望向須藤，宛如自言自語般如此答道。

砰！——教室響遍桌子被用力踹飛的聲響。場面本來還有些許樂觀氣氛，現在頓時完全凍結。須藤氣勢洶洶地站起，不發一語走向高圓寺身旁。

「到此為止，你們兩個都冷靜下來。」

在這個最糟的情況下唯一能採取行動的男人，就是平田。我的心裡小鹿亂撞。

「須藤同學，你雖然很有問題，不過高圓寺同學你也有不對。」

「呵。我打從出生就不曾做過覺得自己不對的事情呢。這是你的誤解。」

「正合我意，我要打得你面目全非，再讓你向我磕頭謝罪。」

「我說住手。」

平田抓住須藤的手臂試著嚴厲制止，可是須藤完全沒有要停下來的跡象。

須藤應該是打算把包含堀北的責罵在內的所有憤恨，全都發洩到高圓寺身上吧。

「快點住手啦，我不想看到朋友之間打架……」

「櫛田同學說得沒錯。況且不管高圓寺同學怎麼樣，我都站在你這邊，須藤同學。」

你太帥了啦，平田。你乾脆不要叫作平田，把名字改成「英雄」會比較好。這樣滿不錯的。

「這個場面就交給我處理。須藤同學，你還是安分一點會比較好。你現在要是擴大了騷動，學校對你的觀感也會變差。沒錯吧？」

「……嘖。」

須藤瞪了高圓寺之後就離開了教室。教室的門被他「砰」地用力關上，接著走廊傳來一聲大吼。

「高圓寺同學，我不打算強求你的幫忙，可是你嚴厲責罵他是不對的。」

「很遺憾，但我並沒有做錯事情。而且還是打從出生以來一次也沒有。哎呀，約會時間差不多到了。我先告辭了。」

在旁觀兩人罕見的接觸同時，我深切感受到班上的不團結。

「須藤同學並沒有成長呢。」

「堀北同學妳也是。應該還有更委婉一點的說話方式吧……？」

「我對於打了也沒反應的對象，一直都不會手下留情。他只會有百害而無一利。」

妳明明對打了卻有反應的對象也是會毫不留情地繼續打。

「怎樣？」

「唔……」

她朝我投來了一把銳利的手術刀（視線）。我雖然很畏縮，卻還是稍微反駁了她。

「世上有句話叫作大器晚成。須藤將來說不定會打進ＮＢＡ喔！他潛藏著帶給世界巨大貢獻的可能性。年輕人的力量，是無可限量的。」

我試著說出像是會使用在電視廣告上的廣告標語。

「我沒打算全盤否定他十年後的可能性，可是我現在要求的是為了升上Ａ班所需要的戰力。現在不成長就沒有意義。」

「您說的是……」

堀北堅持了她一貫的立場，因此還算是可以。我在意的是池他們。

他們很容易改變自己的立場，所以情況並不穩定。

「你跟須藤很要好吧？好像也經常一起吃飯。」

「我覺得算是不錯。可是他有點太絆手絆腳了吧。就算是現在，最會蹺課的就是須藤，而且像那樣去打架的也是須藤。這部分還是得劃清界線呢。」

原來如此。看來池也抱持著他自己的想法。

「我會努力說服佐倉同學。這樣的話，這個糟糕的情勢一定就會有所改變。」

「是嗎？我就藉這次機會說明。我認為佐倉同學即使作證效果也很薄弱。校方恐怕也會對從Ｄ班忽然冒出的目擊者表示懷疑。」

「妳說懷疑……是指校方會認為這是假的目擊者？」

「當然。照理說校方會認為我們是串通好來作證的。這無法成為絕對的證據。」

「怎麼會……那怎麼樣的證據才靠得住呢？」

「假如奇蹟真的存在，要是目擊者是別班或者其他年級的人，而且對方還從事件發生之前就從頭看到尾，又深受校方信任，那說不定就有希望了呢。然而，這種人物並不存在。」

堀北很有把握似的這麼說道。而我的想法也是一樣。

「那麼……即使再怎麼努力證明須藤同學是冤枉的也……」

「如果這次事件是在教室內發生的打架，那就另當別論了。」

「這是什麼意思呢？」

「呃，因為教室裡不是有裝設觀察班上情況的監視器嗎？所以不管發生什麼，證據都會非常充足。如此一來，也能一舉揭穿C班那夥人的謊言。」

我指了教室天花板角落附近裝設的兩台攝影機。

雖然校方為了不干擾到學生，而設置了微型監視器，還讓它融入了裝設背景之中。但教室設有監視器確實是個不爭的事實。

「校方會利用那些攝影機來檢查課堂中的私下交談，或者打瞌睡。否則也無法每個月做出準確的審查。」

「……真的假的？我之前都不知道……！」

池彷彿心裡受到衝擊似的盯著監視器。

「我也是第一次知道呢……居然有監視器呀。」

「這東西意外地難以發現呢。我也是直到一開始公布點數結果時才發現。」

「一般人都不會在意攝影機的位置。就算是經常去的便利商店，我們也不會具體去掌握住攝影機的位置對吧？」

如果真的有人這麼做，他要不是心裡有鬼，就是個相當神經兮兮的人。又或者是偶然看見才會記下來。大概就是這其中的某一種。

那麼，也已經沒必要尋找目擊者了。我就回宿舍去吧。

櫛田他們很可能會說要尋找新的目擊者。要是被捲入其中也很麻煩。

「綾小路同學，要不要一起回去？」

「…………」

來自堀北的這份邀請，令我忍不住把手掌貼在她的額頭。雖然堀北額頭很冰涼，但也確實帶有肌膚的溫暖，並且相當柔軟。

「……我沒有發燒喔。我也有些事想找你商量。」

「喔、喔喔，是可以啦。」

堀北居然會邀我，還真稀奇。這樣看來明天應該會下紅雨。

「你們兩個果然有一腿對吧？昨天我光是想碰她的肩膀，就差點被她殺掉了耶……」

池有點不服氣似的看著我這隻摸著堀北額頭的手。

堀北察覺到這點之後，表情也沒特別變化，便抬頭看著我這麼說道。

「能拿開你的手嗎？」

「噢，抱歉抱歉。」

不知為何堀北沒有反擊過來。我對此安心的同時，一面把手移開她的額頭。這完全是無意的舉動。

我們兩人並肩走出走廊。雖然我大概猜想得到，不過堀北要說的是什麼呢？

「對了。回去之前我想順道去一個地方，可以嗎？」

「只要別太久就沒關係。」

「我想想，應該十分鐘左右吧。」

4

我在天氣變得更加悶熱的放學後，來到事件現場的特別教學大樓。由於不是發生殺人事件，所以大樓沒有貼著禁止進入的封條，也看不見與平時有什麼特別的不同。這棟校舍聚集著特別課程教室、家政教室、視聽教室等不會頻繁使用的設備。這裡下課後就幾乎沒有人跡，因此不會讓任何人撞見。如果要把須藤叫出來，那這也算是校園中最理想的地點之一。

「好熱啊……」

這裡的悶熱程度真不尋常。學校的夏季說不定本來就是如此，但校舍裡頭基本上都很舒適，因此我對炎熱或寒冷的印象就模糊掉了。這是在整天開冷氣的建築物中待太久所產生的影響。我因為這份溫差而覺得更熱了。

這棟特別教學大樓在課堂上應該也會開冷氣，但現在冷風也已完全不著痕跡。

「抱歉啊，還讓妳陪我來這種地方。」

站在一旁的堀北看起來汗也沒流，靜靜地環顧走廊。

「你也真是奇怪呢，居然會自己投身於這件事情裡。我們已經找到目擊者，而且也已經弄清楚無計可施。你還打算再做什麼？」

「因為須藤是我最早交到的朋友，所以我多少會幫點忙。」

「那麼你認為有方法令他無罪嗎？」

「誰知道呢？這還很難講。而且我會一個人行動，是因為覺得跟著平田或櫛田他們一大群人行動有點棘手，或者應該說是因為我不擅長那麼做。而且，這也能說成——我只是因為想到大家

今天或許也要一起去校舍或教室四處奔走，於是才逃跑。很像是避事主義者對吧？」

「確實如此呢。然後你還說因為是朋友所以才幫忙。真是一如往常的矛盾呢。」

「因為人類彼此或多或少都是種只顧自己方便的生物。」

我之前也說過類似的話，不過堀北對我這種想法卻意外地寬容。

正因為堀北平時都是單獨行動，所以她的立場是——只要對自己無害，別人要怎麼做都好。

「算了，綾小路同學你的個人想法也與我無關，想做什麼都是你的自由。另外，我並不討厭

這部分也是我跟她待在一起不會感到痛苦的原因。

你認為跟那兩人相處很棘手的態度。」

「這單純是因為妳討厭他們吧。」

「擁有共同敵人，也就代表著彼此能夠互相幫助。」

「不，我雖然覺得棘手，但可不討厭他們。我希望妳別把這點混為一談。」

而且我非常希望跟櫛田或平田變得要好。

「哪種說法都差不多。」我的意思被堀北如此放大解讀。

我含糊其辭之後，便走到了走廊的尾端，然後把天花板到牆角都徹底看了一遍。

堀北忽然像是察覺到什麼似的開始環顧四周，接著陷入沉思。

「這裡沒有呢，真可惜。」

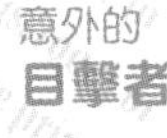

「咦？沒有什麼？」

「教室裡有的那種監視器。要是有攝影機的話，就能得到確切的證據了。可是在這棟特別教學大樓的走廊上卻找不到。」

「喔，這樣啊。監視器嗎？確實只要有這種東西的話，就能一口氣解決了呢。」

天花板附近雖然設置了插座，不過它沒有被人使用的跡象。

走廊沒有任何遮蔽物，所以如果那個位置有監視器的話，就很可能會留下從頭到尾的紀錄。

「說起來學校走廊並沒有裝設監視器對吧？」

即使不是特別教學大樓，教室前的走廊應該也都沒有監視器。

「若要說其他沒裝設的地方，應該也只有廁所以及更衣室了吧？」

「是啊，剩下的地方大致上都有裝。」

「……事到如今這也沒什麼好遺憾的呢。要是有監視錄影器的話，校方就不會將這次事件視為問題。」

堀北像是對瞬間產生期待的自己感到羞愧似的搖了搖頭。

我們接著徘徊了一段時間，不過毫無收穫，只是白白浪費時間。

「所以，你有想出拯救須藤的對策嗎？」

「我怎麼可能想得到。想出對策是妳的職責。我不會叫妳去救須藤，但我希望妳可以協助D

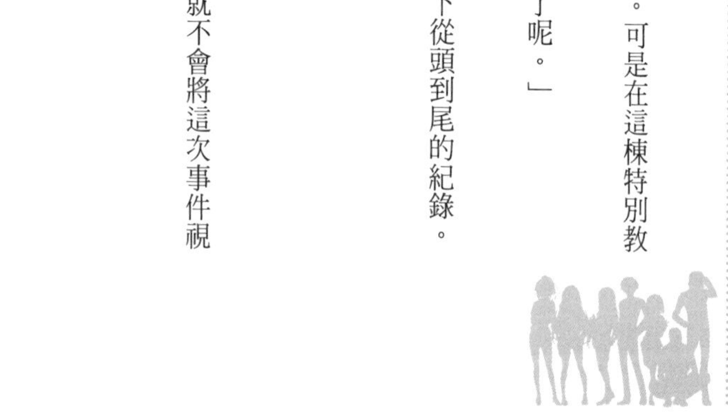

班往好的方向發展。」

堀北傻眼似的聳聳肩，應該覺得我只是換套說法吧。不過，堀北替我們找出了佐倉這名目擊者。她應該不是不想幫忙。

「你是說想利用我？難道你是為此才把我帶來這裡的？」

「目擊者是佐倉，所以情勢說不定反而會惡化。事先調查有無對策會比較好吧。」

堀北應該也正是因為明白這點，才會把佐倉的事告訴櫛田他們吧。她如果堅決不想講，那即使我們問她也不會回答。

雖然她本人還是看起來滿不在乎，或者應該說是超然地不表現出自己的想法。

「我對須藤同學本身有諸多不滿之處。不過我還是希望能減輕他被判決的責任比例。若能留下點數就再好不過了。而且讓D班形象變差也很吃虧。」

一般我們會說出像是「妳還真是不坦率」的這種回覆，但這傢伙的情況，想必是發自內心的吧。

這不是什麼壞事。只不過，人因為不擅長忍受孤獨，所以才會做出拯救或者幫助某人的偽善行為，並且群聚依偎取暖。可是我在堀北身上卻看不見這點。

而且她與櫛田他們之間決定性的不同，就在於她完全放棄證明須藤的無罪。

「我剛才也說過，只要奇蹟般的目擊者沒出現，就不可能證明須藤同學是被冤枉。C班學生們願意承認自己說謊也是可以。不過這有可能嗎？」

「不可能。特別是C班，他們絕不會承認這是謊言。」

正因為確信沒證據，對方才會貫徹謊言。我是這麼想的。

我們甚至除了須藤的發言之外，就沒東西能夠相信了。真相還埋藏於黑暗之中。

「這裡放學後都沒有人耶。」

「這棟特別教學大樓就連社團活動也不會使用，必然會這樣。」

須藤或C班學生其中一方把對方叫到這棟大樓。然後，該說這是平時的積怨嗎？互相仇視的雙方忽然爆發了打架衝突。結果，須藤因為打傷對方而遭到控訴。這就是這回事件的概要。

只要沒被叫來，不會有人特地跑來這種炎熱的地方。

而且還悶熱得讓人喘不過氣。要是在此停留個好幾分鐘，腦袋好像都快出問題了。

「堀北妳不覺得這裡很熱嗎？」

當酷暑毫不留情地侵蝕著我的身體時，堀北則一臉若無其事地環視周圍。

「我對炎熱或寒冷算是比較能夠忍耐。綾小路同學，你沒問題……看起來似乎不是沒問題呢。」

我的腦袋因為炙熱的溫度而開始有點迷迷糊糊。我為了獲得新鮮涼爽的空氣而靠近窗邊。接著像在尋求救助般打開窗戶……隨即又以非比尋常的高速動作再次關上了它。

「……好險。」

外面的熱風在窗戶開啟的瞬間吹了進來。要是打開放著不管那就更慘了。

想到接下來八月還會變得更熱，就覺得很鬱悶。

不過，今天來到這裡也算是有收穫。看來這並不是不可能的——

「你剛才在想什麼？」

「不，沒什麼。我只是在想真的好熱……我實在快不行了。」

現在似乎已經沒有能做的事情，於是我們兩人便開始折返。

「啊！」

「噢！」

正當我想從走廊轉彎，剛好就撞上了同樣也要轉彎過來的學生。

「抱歉，沒事吧？」

由於撞擊力道沒那麼強，我們彼此都沒有跌倒。

「我沒事。不好意思，我太不小心了。」

「我才該說抱歉。咦，是佐倉啊。」

我跟剛才不小心撞到的女學生道歉，結果發現自己認識這個人物。

「……啊，呃……？」

與其說不知該如何反應，不如說她似乎不曉得我是誰。

不過幾秒鐘過後，她重新看了我的長相，好像才察覺到我是同班同學。對方若不仔細端詳就無法知道我是誰，真是令我感到空虛。

佐倉的手上握著手機。

「啊，呃──我的興趣是拍照，所以……」

她把手機畫面拿近給我看，並且如此回答。雖然我並沒打算問得這麼細。

因為即使她邊走邊操作手機，也不是什麼不自然的事。

原本應該已經離校的佐倉，居然會在特別教學大樓？這讓我想去猜測各種事情。

「興趣？那麼妳都拍什麼啊？」

「像是走廊……或者窗外看得見的景色等等，應該就是這類照片吧。」

佐倉簡單說明完，便察覺到站在旁邊的堀北，接著將目光往下移。

「啊，呃……」

「我能問妳一些事情嗎，佐倉同學？」

堀北並沒漏看佐倉在此處現身的不自然之處，並且往前靠近了一步。

佐倉害怕似的往後退。我輕輕用手制止堀北，以手勢告訴她別再追問佐倉。

「再、再見！」

「佐倉。」

我對佐倉那急忙想逃走的背影如此說道：

「妳不用勉強自己。」

我是可以不必開口，但我還是忍不住說出來。

佐倉雖然停下了腳步，可是沒打算回過頭來。

「即使佐倉妳是目擊者，也沒有義務要站出來。再說硬是勉強讓妳作證一定也沒有任何意義。假如妳快要遭到某個恐怖的傢伙強行逼迫，那就來找我商量吧。我不清楚自己能幫到哪裡，但我會助妳一臂之力。」

「你是指我嗎？」

我無視了惡鬼的存在。現在還是先讓佐倉逃走吧。

「我什麼也沒看見。你們弄錯人了……」

佐倉始終都回答自己並非目擊者。因為現階段這只是堀北的獨斷見解及偏見，而且目擊者實際上不是她的可能性也相當大，所以佐倉如果這麼說，那應該就是如此吧。

「如果是這樣就好。只不過，要是有誰逼近妳的話，就來告訴我吧。」

佐倉輕聲回應之後就走下了樓梯。

「這說不定是千載難逢的機會喔？而且她應該是在意事件，才會來到這裡吧。」

「她本人並沒有承認，所以即使強迫她不是也沒辦法嗎？何況堀北妳也很清楚吧。D班目擊者作為證人的效果非常弱。」

「嗯，也是呢。」

佐倉是依照自己的某種想法在行動。即使我們還不知道她的想法究竟為何。因此目前這種局面我們不能向她追問。

「欸，你們在這裡做什麼呀？」

我因為突如其來的聲音而回過頭，結果發現了一名草莓金髮美少女正面對著我們的方向站著。

我對這張面孔有印象。雖然我們沒有直接交談過，不過她是B班的學生，叫作一之瀨。我只在傳聞中聽說過她是個相當優秀的學生。

「對不起呀，忽然叫住你們。能耽誤你們一些時間嗎？你們要是正在進行酸甜的約會，那我就會馬上離開。」

「沒這回事。」

堀北立刻否定。她只有這種時候反應特別快。

「啊哈哈，說得也是呢。而且以約會地點來說這裡有點太熱了。」

我跟一之瀨之間應該沒什麼交集。證據就是她不知道我的名字。從對方看來我只是無數學生

中的其中一人。

也許她是堀北認識的人或者朋友……不可能。這不可能。

她們兩個要是忽然說出「討厭，好久不見～！妳過得還好嗎～？」、「嗯，我很好我很好～」之類的發言然後抱在一起的話，我有自信會當場口吐白沫昏倒過去。

「妳找我們有什麼事？」

這種事當然不可能。堀北對突然出現的一之瀨赤裸地表現出警戒心。堀北不覺得在這種場合被人搭話是事出偶然。

「與其說是有什麼事……倒不如說，我只是想知道你們在這裡做什麼。」

「沒什麼。我們只是不知不覺晃來這裡而已。」

雖然老實回答也沒關係，不過我的隔壁鄰居以眼神向我施壓，於是我便把話敷衍帶過。

「不知不覺嗎？你們是D班的學生對吧？」

「……妳知道啊？」

「我之前見過你大約兩次了呢。雖然沒有直接說過話。那邊的女生，我記得也曾在圖書館裡見過一次呢。」

看來她似乎記住了像我這樣子的隱藏於暗處之人（聽起來有點帥）。

「因為我的記性很好。」

換句話說意思就是——她對我的印象是只要記性不好就不會記得的程度嗎？

我這份有點開心的心情，被無法預料的強風吹得煙消雲散。

「我還以為你們在這裡鐵定是跟打架騷動有所關聯呢。你們昨天好像在我不在的時間點前來B班打聽目擊者的消息呢。我事後聽說你們打算證明D班學生是被冤枉的。」

「假如我們是在進行那件事情的相關調查，這又跟妳有什麼關係？」

「嗯——是……沒什麼關係啦。不過，因為我聽了概要之後覺得有些疑問，所以才想來現場看一下狀況。如果可以的話，你們能告訴我事情經過嗎？」

把她當成單純對這件事感興趣的人應該沒關係吧。

我們沉默不語，一之瀨則尷尬似的如此說道。

「對別班的事情感興趣不行嗎？」

「不，沒這種事……」

「我只覺得這另有隱情呢。」

我想和平處理的這份想法，被堀北斷然的一句話一刀斬斷。

一之瀨理解堀北的話中含意，便歪著頭露出微笑。

「妳說隱情？是指像暗中策劃妨礙C班或D班這種感覺嗎？」

一之瀨露出像是想說「真是遺憾呀」的表情。

「妳也用不著提防成這樣不是嗎？而且我真的只是感興趣。」

「我不打算奉陪別人的興趣，所以隨妳的便。」

堀北跟我們保持了一段距離，就開始注視窗外。

「告訴我嘛。我從老師或朋友那裡都只聽說是有人打架呢。」

雖然我有點猶豫，不過反正就算我不講，她也會從別的地方知道。我這麼一想於是就跟她說明了。我告訴她——C班的三個人被須藤叫出來打的這件事，實際上是相反的。是對方把須藤叫出來還先動了手。須藤把他們擊退，結果對方就去向學校進行誣告。一之瀨從頭到尾都以認真的模樣專心聆聽。

「竟然會有這種事。於是你們才來B班呀。原來如此原來如此……欸，這問題不是非常嚴重嗎？這代表暴力事件中有某方說謊，對吧？如果不弄清楚真相不是很糟糕嗎？」

「所以我們姑且還是來到現場進行調查。雖然並沒有任何發現。」

這也不是殺人事件現場，我沒想過能夠獲得明顯的線索。不過這與我的預期相反，也算是有所收穫。

「他是不是叫作須藤？你們身為同班同學因此相信他對吧。而且你們應該是朋友吧？這的確也理所當然。對D班而言，這次的騷動是冤罪事件呢。」

即使我們是以同學、朋友的這種理由而相信他，但一之瀨這種局外人想必不會輕易認同吧。

這也無須多做說明。

「若須藤同學說了謊你們要怎麼辦？假設別說是冤枉，反而還出現罪證確鑿的證據。」

「我會要他老實地自首呢。因為這個謊言一定會關係到未來的報應。」

「嗯，也是呢。我也這麼想。」

即使一之瀨問了這種事，對她來說好像也沒有任何用處。

「已經夠了吧？妳想知道的消息，我們應該也都讓妳知道了。」

堀北似乎想要盡早趕走她，便故意似的在話裡交雜著嘆息。

「嗯——那個呀，或許我也來幫忙好了？像是尋找目擊者之類。人手越多越有效率對吧？」

人手當然是越多越好。這種事我們知道。然而，我也不能說出像是「這樣啊。聽好嘍，這可是件苦差事喔」這種話讓她聽。

「為什麼B班學生要來幫忙我們呢？」

「這應該無關乎B班還是D班吧？這種事件也不知何時會發生在誰身上。正因為這所學校讓班級之間互相競爭，所以生活隨時都蘊藏著糾紛的危險。這回看來就是首次發生的事件。要是說謊的一方獲勝，那就是個大問題了。另外，既然我都知道了，我個人也無法坐視不管。」

一之瀨做出令人難以判斷究竟是認真還是開玩笑的發言。

「我們B班要是有誰可以幫忙出來當證人，不是也會大幅提高可信度嗎？只是反之亦然，在

追尋真相的過程當中，說不定D班也會受到危害……」

換句話說，就是須藤說謊，而C班的主張才正確的情況。這樣的話，不僅須藤會被停學，就連D班都有可能受到致命的傷害。

「怎麼樣呢？雖然我不覺得這是個壞主意。」

我試著觀察了一下堀北的模樣。不過，堀北還是背對著我們，一動也不動地凝視著窗外。關於一之瀨提出的合作建議，我們該怎麼做呢？

會煩惱當然是因為覺得這會有好處。實際上，即使只有D班為了證明須藤無罪而行動，只要我們拿不出足以百分之百斷定這就是冤罪的證據，可信度就會變得很低。

身為局外人的B班在這個階段加入、涉及這次事件，想必會有相當大的意義。

「這或許會讓你們認為是偽善，但我並不認為自己背負著這麼沉重的事情呢。」

關於這個提議，雖然這樣很沒禮貌，但我還是決定請她讓我好好地衡量一下。我當然還無法完全信任這名叫作一之瀨的少女。這是因為她是B班的學生，一般來說參與這件事是得不到好處的。或許重複做出這種帶有善意的行為，將會連繫到班級或個人點數的反映。如果這麼解釋的話就能理解了。而她不輕易說出這件事，也是因為理解這在晉升上是個重要的資訊或可能性……不過我也不能直接向她確認。

「我們請她幫忙吧，綾小路同學。」

率先做出決定的人是堀北。這代表比起風險，她所選擇的是好處。

而我由衷感謝堀北迅速做出了決定。

我本來就沒什麼決定權，因為下決定是堀北的職責。

一之瀨得到堀北的同意後，便露出潔白的牙齒。

「那就這麼決定嘍。呃——」

「我叫堀北。」

堀北似乎認可了合作關係，因此坦率地自報姓名。

「請多指教，堀北同學。還有你叫作綾小路同學對吧？也請你多多指教嘍。」

我們以意想不到的形式與一之瀨相識，彼此間開始合作。不過是凶是吉也只能順其自然。無論如何發展，這都絕對會是替情勢帶來變化的因素。

「另外關於目擊者，我們已經找到了。不過遺憾的是目擊者是D班的學生。」

「哎呀——」一之瀨抱著頭遺憾地如此嘆氣。

「嗯，不過你們看，就算是這樣，她是目擊者的事實也是無可取代的。而且也不能斷言沒有其他目擊者對吧？即使可能性很低。」

雖然這種機率薄如一張紙，不過確實也有可能性。

「話說回來，你的朋友說不定一年級就會當上正式球員對吧？這不是很厲害嗎？現在他或許

會稍微扯你們後腿，但日後說不定會變成你們班上的資產呢。校方不是也會對社團活動或慈善活動等給予正評嗎？只要參加大會並表現亮眼的話，須藤同學也會被發給點數。而且這也會連繫到班級點數上呢。呃……你們難道不知道嗎？老師沒有告訴你們？」

老師只告訴我們會有個人點數的影響。

「我還是第一次聽說這也會讓班級點數產生影響呢……我之後會向茶柱老師表示抗議。」

堀北有點不服似的嘟囔道。

看來茶柱老師在消息傳達上又有疏漏了。B班已經從老師那裡得知消息了嗎……

老師一如既往地連表面上的平等都不肯給予。我感受到嚴重的差別待遇。

「你們的班導好像有點奇怪呢。」

「該說是因為她原本就沒有幹勁嗎？她似乎對學生不感興趣。也是會有這種老師存在吧。」

「這間學校將會在畢業時以班級來決定老師的評價。你們知道這件事嗎？」

雖然我認為這不需要特別放在心上，不過一之瀨好像很在意。

「我是第一次聽說呢。這是真的嗎？」

與其說堀北表現得很感興趣，倒不如說，是她不得不對其感到興趣。這是件非常重要的事。

「我們班的星之宮老師呀，老是把這件事當作口頭禪呢。她說只要能當上A班的導師就會有特別獎金，所以想要加油。待遇好像相當不同呢。」

「關於班導，我還真是羨慕你們那邊的環境呢。」

我們這邊的老師好像對錢也沒興趣，完全讓人感受不到她的上進心。不如說，她似乎甚至覺得班級要爛就爛到底。

「你們或許跟老師好好談一下會比較好呢。」

「真沒想到會被敵人雪中送炭。」

「該怎麼說呢？這是彼此開始競爭之前的問題吧？或者應該說，這樣我們就不對等了吧？」

我們還落到被別班同情的地步。

光是這點就能知道茶柱老師對自己的學生是多麼地沒有熱忱。

「即使只有班導也好，我還真想跟B班交換呢。」

「不，我想這麼做好像也是有點問題。」

我回想起曾有一面之緣的星之宮老師。就算換成那名老師，我們好像也會很辛苦。

「啊——話說回來這裡還真熱呀。」

額頭開始冒出薄薄汗水的一之瀨，拿出上面畫有像是熊貓圖案的可愛手帕。厚制服只會讓人悶得越來越熱。

「沒半個人在的校舍也一天到晚開著冷氣——妳應該也不喜歡這種對地球不環保的學校吧。」

「啊哈哈，或許確實如此。你說的話還真有趣耶。」

我並沒有打算搞笑，但一之瀨卻笑了。

「你們剛剛對話中的笑點在哪裡……」

「為了讓事情順利進行，我可以問你們兩個的連絡方式嗎？」

堀北只以視線向我下達了指令。她的意思是——我不要，所以麻煩你。

「可以的話讓我來吧。妳連絡我們時，我會負責應對。」

「嗯，我知道了。」

雖然我交換完才想到，但我手機裡女孩子的連絡方式還真是意外地多呢。

七月初，我的通訊錄中就已經有七個人（三個女生）的名字與電話了。

或許……我在不知不覺間正謳歌著青春的美好。

另外，雖然這是題外話。一之瀨的名字叫作帆波。

5

根據郵件內容，一之瀨似乎明天開始要跟值得信任的夥伴研擬作戰並且付諸行動。她有問我是不是每次都要先徵求我們的同意比較好，但是我決定全權交給對方處理。沒什麼事情是我方必須特別限制的。我和堀北回到宿舍。我才在想會就這樣分開，但她好像還有事想對我說，於是就跟到了我的房間。

「打擾了。」

明明誰也不在，堀北卻特地說出這句話再進到我的房間。

為什麼即使對象是堀北，只是兩人共處一室就會讓我有點緊張呢？

「啊，我姑且先確認一下。妳也有備用鑰匙嗎？」

「這間房間的？我記得池同學他們以前曾經想拿給我呢。不過我拒絕了。」

真不愧是堀北。看來只有妳是擁有著健全常識的人。

「因為我不常拜訪綾小路同學你的房間。應該說拜訪你房間這件事情本身就是個恥辱嗎？或者該說是一種汙點。你了解吧？」

她會這樣回應也都在我的預料之內。我才沒有受傷呢。

我才沒有覺得這是比我想像中還要狠毒的話。

「你為什麼要用手指對著牆壁寫字呢？」

「應該說是為了隱藏心中的動搖嗎？大概就是類似這種東西吧。」

本人沒有惡意才是最恐怖的地方。

如果我反問回去，她一定會回覆「我只是陳述事實而已」這種話。

「有關須藤同學，我想再次聽聽綾小路同學你是怎麼想的。另外，我也有點在意櫛田同學他們會如何行動。」

「如果妳在意情況，一開始加入我們不就好了嗎？」

「沒辦法呢。因為我並不認同須藤同學。我只是為了班級才無可奈何地在想辦法。如果要說得直接一點，我甚至認為放棄他也無所謂。」

「妳不是在期中考的時候對須藤伸出了援手嗎？」

「這是兩碼子事。這次事件即使能奇蹟般獲判無罪，但你認為他會有所成長嗎？給予幫助恐怕還會造成反效果。」

你知道我想說什麼吧？——堀北以挑釁般的眼神如此訴說。

「妳的意思是放棄無罪的判決，並受到某種程度的懲罰，對須藤會比較好？」

她雖然擺出好像有點不滿的表情，不過看起來似乎表示認同。

「看來你從一開始就知道很難洗清冤屈，也知道這是須藤同學自身缺點招致的事件，對吧？若不是這樣，你就不會有受處罰會比較好的這種想法。討厭他的人除外。」

堀北似乎無論如何都想讓我告訴她我跟她有達成共識。

總覺得她為了不讓我逃避，便以巧妙的說話方式將我團團圍住。我就算在這裡硬是否定，這傢伙也只會繼續追擊吧。

「嗯，只要稍微想想看，不論是誰都可以了解吧？」

「是嗎？櫛田同學或者池同學他們不就完全沒察覺到嗎？他們只相信須藤同學的申訴，而且也只想為了他、為了班級而從謊言中救出他。為什麼會發生這次事件而且情勢還會如此緊張？——像這種根本的起因，他們根本完全不懂。」

這些話無情到讓人不覺得是針對同甘共苦的同學所說出來的。

「至少櫛田是在理解這件事之後才打算救須藤的喔。」

「理解之後？這是她自己察覺到的嗎？」

「咦？不，這個嘛……」

「是你說的對吧？」

我猶如受到盤問似的遭到她言語上的步步逼近。

「你曾動了像是拿考古題，或者想到要使用點數買分等各種歪腦筋，所以我也不是很驚訝……但我還真是不服氣呢。」

抱持著「我總有一天會拿出實力」之精神生存的人，當然會多少學著耍點小聰明。

「還請您千萬別抬舉我。」

堀北似乎打從開始就沒這種打算，因而突然失笑。不過她不小心露出的那張表情馬上就消失

了。

「老實說你是個未知數，而且渾身散發出不確定的因素。即使在班上也是個最難以捉摸的人物。八面見光、無所作為、斷梗飄萍——這都是些看似恰當但不貼切的比喻。」

「不論哪種比喻實在都有點微妙。這類話可不是用來稱讚別人的喔……」

明明應該就有更好的形容。此時，堀北用狐疑的眼神瞪了過來。

「你的這部分也能說是『深藏不露』呢。你呀，真是個最噁心的存在。」

……原來如此。一般人對她剛才列舉的成語應該連意思都不知道。

看來我已經徹底咬上堀北撒下的餌。有點失策。

「不管怎樣，說我是最噁心的人也太超過了吧。高圓寺才是個相當難預料的存在吧。」

他毫無疑問是個非比尋常的人物。若說我甚至還勝於他的話，就真的太傷人了。

「他其實意外地好懂。讀書、運動成績都很優秀，只是個性有問題而已。即使是這點問題，最終也都能用『唯我獨尊』這句成語來詮釋呢。」

這說明實在很淺顯易懂。高圓寺的人生態度本身確實相當單純。

「妳或許很適合當老師。」

她若就這麼長大成人……感覺似乎就會成為茶柱老師那類型的老師。

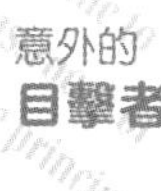

6

這所學校的校區內一共建造了四棟宿舍。其中三棟是學生宿舍，而一到三年級各別在不同的宿舍中生活。是種有點特殊的制度。也就是說，我們今年使用的宿舍，是去年的三年級學生在三年期間所使用的建築。剩下的那一棟，則是老師們以及在購物中心等地方工作的員工所居住的宿舍。

我想說的就是，既然一年級全體學生都生活在同一棟宿舍，就必然也會遇見別班的學生們，或者與其建立起關係。

迄今不曾映入眼簾的陌生人，我也都自然而然變得會去特別留意。

「謝謝您，還請您多多指教。」

少女向宿舍管理員致謝並邁出步伐。她注意到我的存在之後，便向我打了招呼。

「哈囉，綾小路同學，早安。你起得真早呢。」

少女有著一頭漂亮的大波浪長卷髮，以及圓滾滾的大眼睛。還有一對撐開了以兩顆鈕釦扣起的西裝外套的大胸部。她那直挺的體態與其坦蕩的性格非常相稱。在覺得她可愛或漂亮之前，我

就先被她的帥氣模樣給吸引住了。她就是一年B班的一之瀨帆波。

「今天起得稍微比較早。妳在跟管理員說什麼啊？」

「我們班有幾個人提出像是對宿舍的請願之類的東西。我剛剛正在把統整好的意見交給管理人員。其中有像是關於用水設施，或者噪音等等的意見。」

「為什麼一之瀨妳要特地做這種事情啊？」

房間的問題一般都是各自自行處理。一之瀨特地匯整大家的意見，又是基於什麼理由呢？

「早安，一之瀨班長～」

搭電梯下來的兩名女學生向一之瀨打招呼。一之瀨也回應了她們。

「班長？她們為什麼叫妳班長？」

這個字眼在這裡很不常聽到。這間學校應該沒有班長這個職務才對。

她看起來感覺也不像是書呆子。

「因為我是班級委員。應該是這個關係吧。」

「班級委員……該不會除了D班之外的班級都有吧？」

我還是第一次聽說。如果是一般情況的話，我應該會很驚訝。可是假如是我們的導師，她則很可能不替這件事做決定並且置之不理。

「這是B班自作主張設立的喲。如果決定好職責分配，之後在各方面不是都會比較輕鬆嗎？」

我了解她想說什麼。可是即使如此，我們也不會自己選出班級委員。

「除了班級委員之外，你們該不會還有其他職位吧？」

「算是吧。雖然能否發揮功用是另一個問題，但形式上都已經決定了喲。有副班長以及書記。而且像在文化祭或運動會的時候，也會比較方便。也是可以到時候再決定啦，但要是產生糾紛的話會很麻煩。」

之前在圖書館看到一之瀨的時候，她就率領了數名男女舉辦了讀書會。說不定從那時開始，她就已經在發揮著類似班長的職責。

通常大部分的人都不會想當什麼班長。因為不只會被迫處理麻煩事，校方要商討事情時，也會被強迫必須出席。

然而，Ｂ班有一之瀨率先擔任班長並開始行動，想必他們在決定職責時應該進行得很順暢，不會互相推諉。

「Ｂ班好像很團結一致耶。」

我坦率地這麼認為，回過神來就發現自己說出口了。

「我並沒有特別意識到這件事耶?大家只是很開心地在做事。而且我們班也有不少會惹事生非的人呢，所以辛苦的事情也是很多。」

雖然一之瀨說辛苦的事情也很多，可是她卻很開心似的笑著。我們聊著天，順便一起並肩走去上學。

「你平常是不是都比較晚呀？話說回來我沒在這個時間見過你呢。」

一之瀨拋來一個很制式、很安全的問題。

我才正打算跟她提出類似的問題，感覺心裡有點暖暖的。原來像一之瀨這種人也會從這種普通話題來與人構築關係啊。

「因為早去也沒事做。我大概都會在房間多待個二十分鐘。」

「這樣的話會很趕呢。」

我和一之瀨越接近學校，學生數量也變得越來越多。

很不可思議的是，女生們接連投來羨慕的眼神。每個人人生中都會有三次桃花期，難道它已經來臨了？我連一次都還沒碰到，所以這時候也差不多該來了吧。

「早安，一之瀨！」

「早安，一之瀨同學！」

獨占女生視線與呼聲的人，是走在我身旁的一之瀨。

「妳真是個大紅人耶。」

「因為我在當班長，所以或許比其他女生還引人注目吧。就只是這樣子而已。」

一之瀨似乎並非謙虛，而是真心如此認為。

看來她好像以很自然的形式接受著自己的吸引力。

「啊，對了。綾小路同學，你有聽說過暑假的事情了嗎？」

「暑假？呃……暑假不就是暑假嗎？」

「我從傳聞裡聽說暑假要去南方島嶼度假。」

這麼說起來——我的腦中閃過某件事情。

雖然我忘記是何時，不過我記得茶柱老師曾經提過「度假」這個字眼。

「我原本不相信，不過原來真的有度假這回事嗎？」

這又不是教育旅行……我環視周圍，試著認真想了想。

這所學校即使說是奢華至極也不為過。暑假去南方島嶼度假，寒假說不定甚至還會去溫泉旅行。

……真的非常可疑。我不認為這所學校有這麼友善。這不禁令我懷疑是否有什麼隱情。一之瀨是怎麼想的呢？

我還沒直接問，一之瀨就露出了苦笑，似乎也對此感到懷疑。

「果然很可疑對吧？我認為暑假會是一個轉捩點喲。」

「換句話說，妳的意思是暑假期間班級點數可能會有大幅的變動？」

「對對對。它應該會是比期中考或期末考還更具影響力的課題吧?否則我們很難填補跟A班之間的差距。而且我們現在也正在逐漸被拉開距離呢。」

確實如此。即使現在有大型活動應該也不怎麼奇怪……

「你們現在跟A班的差距是多少啊?」

「我們班是六百六十多點,所以已經被拉開將近三百五十點了呢。」

剛入學點數當然會下降,但他們卻已經好好止住了下滑。非常厲害。

「除了期中考之外沒有增加班級點數的方法,所以不管怎樣我們都無法避免點數慢慢下降呢。但A班剛開始也是這樣。」

即使如此,A班這次期中考結果還讓點數提昇了。

「妳還真是不緊張啊。」

「我很在意喲!不過因為我覺得接下來才是反擊的機會。我已經做好了心理準備。」

著眼未來而非現在。這種想法一定是正確的。

然而,這種事情只有在某種程度上切實打好穩固基礎的班級才辦得到。

我們班這個月頂多只有八十七點,與能夠跟別班競爭的等級相差甚遠。

「一切就取決於那個活動中會有多少變動呢。」

想必不會只有十點或者二十點吧。

不過，也很難想像會有五百、一千點之類的數字變動。

「這對我們班反而是個危機。差距要是再這麼擴大下去就很難追回來了。」

「我們彼此都必須努力了呢。」

話雖如此，但要去努力的人不會是我。而是堀北、平田，以及櫛田他們。

「反正不管怎樣，感覺這都不會是什麼好事。」

雖然我不想從現在開始就抱怨，但麻煩事似乎就在未來等著我。

「不過假如真的要到南方島嶼度假，感覺好像也非常有趣呢。」

「誰知道呢……」

「咦？你不開心嗎？」

只有與朋友之間感情深厚的人，才會有這種能夠盡情享受假期的想法。

要是沒有特別親近的人，就沒什麼是比旅行還更令人難受的了。

如果是團體行動的話就更糟了。我光是想像就覺得想吐。

「你該不會討厭旅行吧？」

「我想是不討厭吧……」

儘管叨叨絮絮說了這些，但這也全是我的想像。我根本就沒跟朋友出去旅行過。

說到旅行，我幼時曾與雙親去過紐約，但也僅有那次。當時我一點都不開心。痛苦的回憶閃

過腦中，令我疲憊不已。

「怎麼了呀？」

「我只是稍微回想起自己的心靈創傷。」

我的乾笑聲虛無縹緲地迴蕩在熾熱的林蔭大道。

不行不行。要是散發負能量的話也會對一之瀨造成困擾。

然而，看來我好像無須操心，一之瀨毫不在意地說道：

「還有呀，我有件事情很疑惑，你能聽我說嗎？」

即使形式上與櫛田不同，但我認為一之瀨也是個耀眼的存在。

不知道該說她無論何時都很純真，還是該說她總是按照著自己的想法在行動。

就連在跟我這種人說話時，她都有種全力以赴的感覺。

「我們一開始不是分成四個班級嗎？那真的是依照實力排序的嗎？」

「目前可以知道它並不等於入學考試的結果。因為光論成績，我們班也有幾個人是頂尖等級。」

堀北、高圓寺、幸村，這三人的筆試成績在整個年級中無疑屬於前段。

「應該是依照綜合能力之類吧？」

我隨便答道。我也曾經思考過好幾次，可是都沒得出答案。

「我呀，剛開始也認為或許如此。像是只會讀書但不擅運動，或者很會運動但不擅讀書這種感覺。不過，若是按照綜合能力來判斷，那麼對下段班豈不是壓倒性的不利嗎？」

「這不就是競爭社會嗎？我不覺得這是什麼特別奇怪的事耶。」

一之瀨似乎無法認同，她雙手抱胸如此低吟道。

「如果是個人戰就確實是如此，但這可是以班級為單位喲。要是完全把優秀者聚集到A班，那不就幾乎不會有勝算了嗎？」

不就正因為如此，目前班級點數才會有這麼悲慘的差距嗎？

一之瀨的想法似乎與我不同。她接著說出這種回答。

「雖然現階段A班到D班有差距是個事實，不過這只是件小事，而且應該也隱藏著某種足以填補差距的事物吧？」

「我姑且問一下。這件事情妳有根據嗎？」

「啊哈哈哈，怎麼可能有。我只是隱約這麼覺得而已。不是這樣的話就太殘酷了──或許這麼說會比較恰當呢。D班也有擅長讀書、擅長運動的學生。這也意謂能研擬各種對策。」

這個部分確實與一般制度有著很大的差異。

如果光憑學力分班的話，那我們不管再怎麼掙扎，也無法在這點上面贏過其他班級。班級中聚集著各領域的專家是個很重要的要素。

「……這種事不告訴別人不是比較好嗎？」

我開始覺得有點擔心，於是便如此勸告一之瀨。

「嗯？你指什麼？」

「像是剛才那種想法。堀北也說過，這可是向敵人雪中送炭的行為喔。」

我也很可能因而獲得提示並將其活用。

「但我不這麼覺得耶。藉由交換意見所獲得的東西也很多，而且因為現在我們是合作關係，所以這完全沒問題、沒問題。」

B班還真從容不迫……不，這是一之瀨的性格特徵。我總覺得自己好像了解了她的個性及想法。總之這傢伙是個好人，而且真的表裡如一。

「我的頭腦可沒好到能夠交換意見喔。這點我也只能跟妳說抱歉了。」

「這是我自己擅自要這麼想、這麼說出口的，所以你別介意。要是你認為這是能夠運用的情報，那就儘管拿去用也沒關係。」

「啊！」一之瀨似乎想起了什麼事情，突然停下腳步。

我心想她怎麼了，一看她的側臉，便發現她以認真的眼神往我看來。

「那個呀……為了當作參考，我有事想問你，可以嗎？」

一之瀨露出了無法想像她直到剛才為止都還很開朗的表情，讓我的身體不禁緊張得有點僵硬。

「如果是我能回答的，我就會回答。」

我的頭腦裡灌滿了一億本書的知識量，幾乎沒有什麼我回答不了的問題（大謊言）。

「你有被女孩子告白過嗎？」

咦……這件事沒寫在我讀過的那一億本書裡頭耶……

「我應該是那個吧？類似那種，到現在都沒被告白過的男生吧……？」

像是很噁心、處男等等，反正我就是會被這樣瞧不起的那類人吧？我可是要哭了喔！我還只是高中一年級的學生耶！這種事根本就太早了，對吧？喂，你不這麼覺得嗎？何況要說比例的話，有被告白經驗的傢伙應該還比較少吧。雖然我並沒有任何根據。在人類繁榮生活的背後，孤獨至死的人也是不計其數。

「不是啦不是啦。抱歉，沒什麼事。」

她的表情看起來不像是沒事。只是，與其說這是在瞧不起我，倒不如說她看起來就像是煩惱中的少女。

「妳該不會被告白了吧？」

「咦？啊——嗯，就是這種感覺。」

看來除了平田、輕井澤這對情侶之外，校園裡每天都充滿著許多為交往而行動的學生們。

「那個呀，如果可以的話，放學後能耽擱你一些時間嗎？關於告白的事情我有些問題。雖然我非常明白你因為事件的關係很忙碌。」

「沒什麼關係。而且我也沒特別要做的事。」

「沒有要做的事？」

「我認為這次事件尋找證據或目擊者並沒有什麼意義。花時間在那裡也只會得到勞累辛苦。」

「但你到了事件現場對吧？」

「該說這是為了其他目的嗎？反正這件事沒什麼問題。」

「謝謝你。」

不過一之瀨的告白與我有什麼關係呢？

她該不會想用「這是我男朋友」的老套謊言來搪塞對方吧？我一瞬間這麼想。但假如真是如此，她應該也會找個更有出息的帥哥吧。

「放學後……我在玄關等你喲。」

「喔、喔喔。我知道了。」

即使我很清楚這絕對不可能，可是被她這麼一說，我還是覺得很期待。這應該就是男人的天性吧。

7

學校門口前擠滿放學人潮。

我在來到這裡之前有點苦惱該如何與一之瀨會合，但這個煩惱馬上就解決了。即使學生這麼多，她也非常醒目。

可愛或許也是理由之一，不過她就是擁有一種支配全場般的存在感。

老實說，我不清楚該如何形容她。我只隱約感受到她那既溫柔又堅強可靠的內心。而我也只能如此表達。而且，我也看得出來周遭一年級學生們對她的認識度之高。

一之瀨也許與櫛田屬於同個等級，或者凌駕其上。不論在男女之間，她都有著極高的人氣，因此不停有人向她打招呼。結果我不斷錯過打招呼的時機，浪費了大約五分鐘。

「啊！綾小路同學，這邊這邊。」

最後是一之瀨注意到我，並向我打招呼。

「嗨。」我微微舉起手如此回應。假裝自己才剛到似的與她會合。

「那麼接下來我該怎麼做才好？」

「我打算盡快了結這件事。跟我過來。」

我穿上鞋，接著一之瀨就這樣帶領我前往學校後方。

不久我們便抵達體育館後面。這是個被公認為最適合表白的場所。

「那麼……」

一之瀨調整呼吸後，便迅速轉過身來。一之瀨該不會是要對我……！

「告白——」

不，這怎麼可能——

「我好像會在這裡被人告白。」

「……咦？」

一之瀨這麼說完，就拿出一封信給我看。這是封貼著可愛心形貼紙的可愛情書。因為她說可以看，於是我便冒昧地拜讀了內容。信中的字跡與信封風格並無不同，相當漂亮。或者應該說，上面全是不像男孩子會寫的可愛字跡。

內容寫著「我從入學開始就很在意妳」、「我最近察覺了自己的心意」等兩件事。

信中以「星期五放學四點，我想跟妳在體育館後面見面」一事做總結。時間大約剩下十分鐘。

「這件事我不在場應該比較好吧？」

「我對戀愛不是很了解……我不知道該如何應對才不會傷害到對方，而且也不知道能不能再當好朋友……所以我才希望你能幫忙。」

「雖然我想這件事並不能拜託像我這種沒有被表白經驗的人……如果是B班，能拜託的人應該多得很吧？」

「因為告白的對象……就是B班的人呢。」

原來如此，是這麼回事啊。我好像可以理解為何她要帶我過來。

「我想盡可能地保密今天的事情。要是不這麼做，之後似乎會變得很尷尬。而且是你的話，感覺也不會去到處宣揚。」

「不過一之瀨妳應該很習慣被人告白了吧？」

「咦！不，完全沒有，真的完全沒有。我從來沒被人告白過。」

假如我沒被叫來這裡當幫手，八成絕對不會相信。

「所以我真的不懂為什麼會這樣。」

還不都是因為一之瀨妳很可愛，所以這也沒辦法——我也只能這麼想了。再說，看到早上到現在其他學生對一之瀨的應對態度，她的個性好像也很不錯。

「所以……能不能請你假裝成我的男朋友呢？」

唔哇，還真的是這種老哏嗎……！

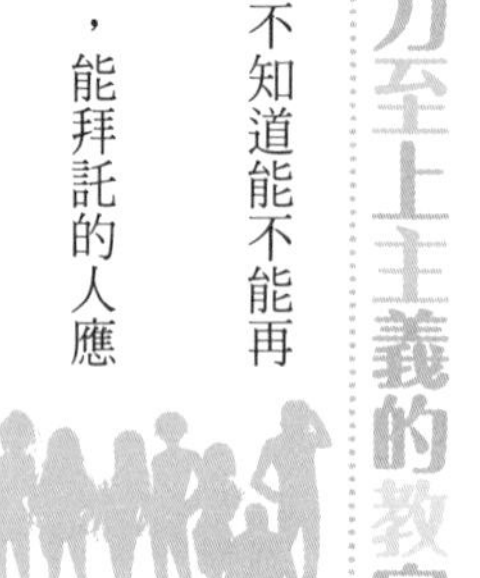

「我進行各種調查，發現『有正在交往的對象』這理由最不會傷害到對方……」

「我了解妳不想傷害對方的心情，但事後謊言被揭穿，可是會更傷人喔！」

「就說我們馬上分手了。也可以當作是你把我給甩了。」

雖然我認為並不是這種問題……

「你們一對一彼此談談，絕對會比較好喔。而且還要坦白地講清楚。」

「可是——啊！」

一之瀨似乎發現某種東西，接著感覺有些僵硬地舉起了手。

看來告白者比想像中還要早到。對方究竟是個怎樣的視覺系男子呢？

我瞻仰對方的尊容後，發現是個面貌很男孩子氣的女裝男子。而且他還細心到連裙子都穿了。

不不不，再怎麼看她都是名女孩子。

雖然看了那封信件，我有如此猜想過，但沒想到對方還真的是個女孩子。

這種情況與男生向男生表白不同，成功交往似乎也不錯。而會如此看待，想必是因為我是男人吧。

「那個，一之瀨同學……這個人是誰？」

現身在告白場所的女孩對於身為陌生人的男學生表示警戒。

「他是D班的綾小路同學。對不起呀，千尋。把妳不認識的人給帶了過來。」

「……難道說他是一之瀨同學的男朋友……之類的？」

「啊……呃……」

我覺得一之瀨大概打算回答「是呀」。然而，自己說謊所帶來的愧疚感、罪惡感，卻把這句話拉回喉嚨深處。

「為什麼……那個叫作綾小路同學的人……會在這裡呢？」

這名叫作千尋的女孩，對於意料之外的狀況感到混亂，眼眶泛淚。

他是妳男朋友嗎？如果不是男朋友，那為什麼會在這裡？——她似乎無法理解為什麼。

一之瀨看見這種情況又更加手足無措，不知如何是好，並且同樣很恐慌。

我以為她是值得依靠的女孩，不過其實她也意外地擁有弱點。

「那個，能不能請你去別的地方呢？因為接下來我有重要的事情要對一之瀨同學說。」

「哇，等一下，千尋。那個，呃……其實綾小路同學他是……」

看來一之瀨似乎打算搶先一步拒絕她。

她應該覺得對方如果直接說出「我喜歡妳」這句話，之後將會很辛苦吧。

「……是什麼呢？」

「綾小路同學呀，是那個，是我的——」

基本上我沒辦法在這裡幫上什麼忙。若要說唯一能做到什麼，那就是……

「我們只是朋友。」

我在一之瀨構築出語句之前，就如此斷言道。

「一之瀨。雖然由我這個沒被人表白過的來講或許有點不妥，可是我認為妳把我叫來這裡是不對的。」

我為了她們兩個而如此直截了當地回答。

「向人告白應該不是件這麼輕而易舉的事吧。每天都過得很煩悶，而且還會在腦中做無數次的模擬練習，但就算這樣，也還是無法表白。一旦要表白時，快從喉嚨蹦出的那句『我喜歡妳』卻怎樣也說不出口。我認為表白就是這麼回事。對於這份拚命的心意，被表白的這方應該必須做出回應吧？要是製造這種局面含糊帶過，也只會讓彼此後悔。」

「唔……」

一之瀨恐怕還沒有真正喜歡過誰吧。

所以才會不知所措，也才會不知道事情的對錯。

她不想傷害對方的這份想法，結果只是白忙一場。

拒絕表白，是條無可避免會傷及對方的道路。

一之瀨如果絞盡腦汁想出拒絕台詞，說不定多少還會比較好。

像是現在想專心在課業上，或者已經有喜歡的人等等。又或者是像這回一樣，說自己已經有正在交往的對象。可是不管怎麼回答對方都一定會受到傷害。

假如還滿口謊言，那就更傷人了。我沒等一之瀨回答就離開現場。接著，我沒有回去宿舍，而是在連綿至宿舍的林蔭大道上停下了腳步。

我倚靠著扶手，仰望頭上的綠葉，稍做休息。

現在應該過了五分鐘左右了吧。一名少女從我身邊小碎步地跑了過去。

她的眼眶中浮著薄薄的淚光。

接下來，我也還是在這地方一動也不動地繼續打發時間。

在夕陽差不多要西下時，一之瀨無精打采地走了回來。

「啊……」

她發現我之後有點尷尬似的低下了頭。不過卻立刻又抬起頭來。

「我錯了。我不去理解千尋的心情，還只想拚命想出不會傷害她的方法來逃避。這是錯誤的呢。」

「談戀愛還真困難呀。」一之瀨如此低語。接著就來到我身旁，坐到扶手上。

「雖然她說明天起還是會像平常一樣……但真的能像從前那樣相處嗎？」

「這就要看妳們兩個了。」

「嗯……」她又繼續說：

「今天很謝謝你。還讓你陪我做了奇怪的事情。」

「沒關係啦。偶爾有這種日子也不錯。」

「我們的立場顛倒了呢。我明明是打算幫忙才向你們搭話，卻反而麻煩了你。」

「我才是。說了那些自以為是的話，真是抱歉。」

不知道是不是有什麼奇怪的事情，一之瀨眨了眨眼往我看過來。

「綾小路同學你沒有理由道歉，完全沒有。」

一之瀨用力將雙手伸向天空，接著輕盈地站到地面上。

「下次就輪我幫忙了。能做的我都會試著去做。」

身為B班學生的一之瀨，打算如何應對這個難解的事件呢？

關於這點我覺得有點期待。

8

晚上，當我在用電腦瀏覽購物網站時，有通電話打了過來。在床邊插座上充電的手機，螢幕發出了亮光。來電顯示上的名字是櫛田桔梗。我不禁看了兩次重複確認。如果電話斷掉，我也沒有勇氣回撥，於是我便滑動椅子的滾輪、抓住手機，然後跳到了床上。

『抱歉呢，這麼晚還打給你。你還沒睡嗎？』

「嗯？是呀，我再一下就要睡了。有什麼事嗎？」

『佐倉同學的數位相機不是壞掉了嗎？我覺得部分原因是我向她搭話，害她緊張。所以我想負起這個責任……』

「至少我是覺得妳沒必要覺得這是妳的責任。何況只要拿去修理就好了吧？如果那是重要的東西，即使放著不管，她不是也會拿去維修嗎？」

可是我這麼問，才知道事情似乎沒這麼單純。佐倉就如她的形象那般，極度不擅與人對話。她似乎沒有自信獨自到店裡維修。說不定這就跟自己進餐廳會覺得有點猶豫的情況相當類似。

這或許一時之間會讓人難以置信，但世上就是有各式各樣性格、特徵的人。

即使有不擅長與人相處的人，也不必特別驚訝。

「於是櫛田妳就主動向她提出了建議？」

想要和佐倉有接觸，就只能由自己展開積極的行動。

『嗯，雖然她似乎有點猶豫，不過她說如果是後天的話就可以。我想對佐倉同學來說，數位相機大概是非常重要的東西。』

櫛田為了敞開佐倉的心房，已經漂亮地踏出了第一步。

「不過妳為什麼要跟我說？妳們兩人獨處不是會進行得比較順利嗎？」

『如果只是去維修的話確實如此呢。不過，因為現在還有另一件重要的事，我希望綾小路同學你可以幫忙。』

「妳的意思是，要我問她知不知道須藤的事件嗎？」

『堀北同學都有把握是這樣子了。而且我跟佐倉同學接觸，我也感覺她知道些什麼。既然她本人否定，我想應該是有某些理由。』

若這是真的，那麼帶堀北去才是最好的。不過櫛田跟堀北假日外出的那幅畫面，我即使幻想也無法看見。她大概是使用消去法，才選定了最無害的我吧。就算帶池或山內去，他們眼中應該也只看得見櫛田。

而且這也剛好。我才正在想去一趟家電量販店。

我坐起身，然後把背靠在緊鄰床邊的牆壁上。因為總覺得躺著和人約定外出好像很沒禮貌。

「好，我知道了。那就去一起吧！」

明明只要正常回覆就好，我卻不自然地發出有點振奮的聲音。

幸虧櫛田好像沒有特別覺得這句話很奇怪。她沒有對這件事吐嘈。

接下來的一段時間，我跟櫛田熱絡地聊了一些無關緊要的話題。

我跟她進行日常對話似乎已經不太會緊張了。或者應該說不會覺得聊得很不自然。

這就是她就算踏入別人的個人領域，也不會令人不愉快的證據。

我心裡已經確實將她視為朋友了。

『話說回來，高圓寺同學跟須藤同學差點打起來的時候，還真是可怕呀。』

「對啊。應該說狀況一觸即發嗎？或者該說他們雙方眼看就要開始互毆了。」

高圓寺的性格很我行我素，須藤要是打過來他應該會反擊。

事情如果變成那樣，也許就會是件大慘案。

『當時我都嚇得無法動彈……平田同學真是厲害呢。真讓人尊敬。』

「是啊。」

我反省了自己對於平田受稱讚而稍微感到嫉妒的心。

他有勇氣與膽量在那種場面挺身而出，受尊敬也理所當然。

「D班之所以能夠成形，多虧了妳和平田。男女生各自分開也很重要。」

有時候女孩子的事情，只有女孩子才能夠解決。

『我只是很普通地過著校園生活喲。而且我也沒做任何特別的事情。』

「我想平田一定也會說出相同的話。」

特別的人多半都不會認為自己很特別。

『要說特別的話，比起我這種人，堀北同學不是還比較特別嗎？她會讀書，又會運動，甚至讓人覺得為什麼待會在D班。』

那種人不叫作特別，而是行徑異於常人。

要是多說壞話，日後事跡敗露時會很可怕，所以我還是先閉嘴好了。

「她不擅交際，所以應該是這點讓她被分到D班的吧？」

『不過，她跟綾小路同學你相處卻很正常吧？』

「妳居然說那是正常……？」

如果把我所認識的那個堀北作為標準，那麼比起我，其他人的待遇就真的很悲慘了……

我回想起痛苦掙扎並且暈厥過去的池，便哆嗦了一下。

「我和堀北之間感覺好像還有隔閡。或者應該說，我們的關係就只有這點程度。我先說一下，以防妳誤會。」

『哦～？』

耳邊傳來了有點懷疑、打趣般的聲音。我還真不想被櫛田誤解。

「啊——對了，有件事情想問妳。櫛田妳的房間是在九樓？」

『咦？啊，嗯，對呀。這又怎麼了嗎？』

「不，沒什麼。我只是有點好奇。」

回過神來，櫛田陷入了沉默。沉默突然毫無預兆地造訪。

剛才都還持續著的對話忽然中斷。

大部分時候櫛田都會馬上丟來話題，然而她卻停止這麼做。

難不成問她房間在幾樓很不恰當嗎？

我心神不寧地無法鎮定下來。於是就無意義地環視起房間的各個角落。

唉，我現在真想變成溝通能力超群的帥哥。我實在不得不這麼想。

這段時間寂靜到彷彿可以聽見彼此的呼吸聲。

「已經很晚了。差不多該掛了吧？」

我無法忍受沉默。宣布投降。

與女孩子之間的沉默通話，也太令人心痛了吧。

『那個呀──』

「嗯？」

櫛田打破沉默，不過沒把話接著說完。感覺她罕見地正在猶豫著自己的發言。真不像平時開朗熱絡聊天的櫛田。

『如果……如果喔？我……我──』

她的話又中斷了。接著沉默再次降臨。時間經過了五秒，十秒。

『……算了，沒什麼。』

這是「有」什麼的時候才會出現的反應……

然而，我完全沒勇氣說出像是「什麼嘛～既然都講到一半，那就講完嘛～」這種輕率回覆，所以就簡單帶過了。抱歉，櫛田。假如今天要上戰場的話，我就是會說出自己要躲在後方偷偷戰鬥，當狙擊手的那種膽小鬼。原諒我吧。

『那後天就請你多多指教嘍，綾小路同學。』

櫛田這麼說完，就掛掉了電話。

她最後講到一半的話，究竟是什麼呢？看來今天會是個難以入眠的夜晚。

9

星期日上午，我為了履行與櫛田之間的約定而來到了購物中心。對於星期六日基本上都在自己房間裡度過的我而言，這裡是個讓我有點緊張的地方。

兩張並排長椅的其中一方已經有人先入坐了。那個人也跟我一樣，都在等著與人會合嗎？一到假日，學生果然幾乎都隨心所欲地外出走動。我一面想著這種理所當然的事情，一面在另一張空的長椅上坐了下來。

雖然我認為住在同一棟宿舍，一起過來就可以了。可是櫛田似乎有某種講究。她表示在現場會合是有其意義的。

「早安！」

櫛田像是劃開周遭嘈雜般滿面笑容地走了過來。

「喔、喔喔。早安。」

不禁怦然心動的我雖然有些語塞，但還是微微舉起了手。

「對不起呀。等很久了嗎？」

「不會，我也才剛到。」

當我們進行像是約會的固定對答的時候，我不自主地從頭到尾看了看櫛田的全身。好可愛。櫛田好可愛啊。我第一次看見櫛田穿便服的模樣，無法壓抑心中的感動。

「我們是第一次在假日見面呢。感覺真新鮮。」

櫛田似乎有相同感受，因此如此笑道。什麼呀，那張可愛的笑臉。簡直犯規。池他們該不會沒有見過吧？難不成這是頭香？

在我無法壓抑興奮之情時，櫛田像是回想起什麼似的如此說道。

「你上星期休假很忙嗎？綾小路同學你要是也能來就好了。」

上星期？要是你也能來就好了？她究竟在說什麼。

「我是指跟池同學他們一起去咖啡廳的事情喲～」

這是我初次聽聞。

我可不記得自己學過讓這隱藏事件出現的方法。

「難道說……」

「啊，啊──這樣呀。話說回來這件事情──我還真沒聽說過。」

我仰望天空，悲嘆自己的不中用。

錯的人並不是不邀請我的池，而是不受邀請的我。

「你剛才是打算逞強對吧……對不起，我好像太多嘴了……」

「妳別放在心上，因為我完全不介意……你們玩得開心嗎？」

「我只知道你非常介意……」

別說是頭香，我搞不好還是最後一個看見櫛田假日模樣的人。

即使只有一瞬間也好，只要能夠兩人獨處，我就當作自己已經算是很幸運了吧。

偶爾經過我們面前的學生們，也都會被櫛田的便服模樣給奪走目光。如果是情侶，女方甚至還會拉著男朋友的臉頰，看起來很不高興地鬧著彆扭。

她可愛到就連有女朋友的人也會看得入迷。

……總覺得我好像相當抬舉櫛田。

雖然我說的全是事實，但也感覺有點難為情。

「怎麼了呀？」

櫛田似乎覺得站著僵硬不動的我很奇怪，於是稍微向前彎著身子，往我看過來。她每一個動作都很可愛。

「我在想……今天天氣還真不錯。」

我用就連我自己都覺得老套的台詞搪塞過去。

給我冷靜點。可愛這個字眼，光是今天你就用多少次了？

照這速度繼續使用下去，一天之內可就會重複說上一兩百次。

「是那個啦。我在想自己的打扮也許跟妳有點不搭調。抱歉啊。」

我穿著方便活動、樸素的服裝。即使是講客套話，我也確實不是那種可以與櫛田並肩走路的男人。

「完全沒這回事。我認為這身打扮非常適合你喲。」

「我可以理解成妳是在批評我很適合土氣的裝扮嗎？」

「嗯，對呀！」

我感受到有把尖刀狠狠地刺了過來。雖然我不是刻意要自作孽，但怎麼說呢……我覺得非常

大受打擊。

「綾小路同學，其實你的心思意外地細膩嗎？感覺你明明不管被別人說什麼似乎都不介意。我完全不是在說你壞話喲。因為我是真的認為這很適合你。」

看來我好像被她捉弄了。即使是一般情況會讓人生氣的事情，要是換成櫛田，她也只要說出一句淘氣的話便能解決。真狡猾。

「那麼，佐倉同學人呢？」

「好像還沒來。」

約定的時間剛好到了。可是我們卻尚未見到佐倉的蹤影。

「不過，妳邀我過來真的好嗎？」

「她拜託我也邀請你呢。你和佐倉同學有接觸呀？」

「佐倉說的？不……我們幾乎沒有說過話。」

我回想起在特別教學大樓撞見佐倉時的事情。要說接觸的話，也只有那種程度。

「該不會是她對你一見鍾情之類的？」

櫛田賊笑說道。不過再怎麼說，這種戲劇性發展實在無法令人期待吧。

「總之，我們先坐著等吧。」

「好呀。咦……欸，坐在隔壁長椅的不就是佐倉同學嗎？」

我急忙轉過頭。坐在隔壁長椅的人物便不好意思似的輕輕點頭打招呼。

真沒想到一直坐在隔壁長椅的人居然會是佐倉……

不知該說是氣息，還是氛圍才好。她的路人感太強烈，導致我完全沒有發現她。

「對不起，我沒什麼存在感……早安……」

「不，我並沒有覺得妳很沒存在感。我有感覺到妳的存在。」

「這並不算是在打圓場喲，綾小路同學。」

我抱歉般的低下頭。佐倉接著慢慢站了起來。

不過我也希望她能諒解我沒注意到她。佐倉不僅戴著帽子，甚至連口罩都戴上了。若是親近的對象那就姑且不論。只靠這些特徵的話，要認出佐倉真的很困難。她是感冒了嗎？

「佐倉同學看起來有點像是可疑人物呢……」

「與其說她是可疑人物，我認為這樣反而更顯眼耶。」

「說得也是呢……尤其在這裡的話會特別顯眼。」

佐倉說完便抱歉似的脫下口罩。看來她並不是感冒，而是所謂的口罩女。她到底有多討厭引人注目啊？

「要維修相機的話，只要到購物中心的電器行就可以了對吧？」

「我記得他們應該也有受理維修。」

「不好意思……還讓你們陪我做這種事。」

佐倉彷彿打從心底感到抱歉般低頭道歉。總覺得就連我自己都開始覺得抱歉了。

10

學校裡設有一間在國內也很有名量販店，校方似乎與他們有合作關係。由於客群只有學生，因此店面本身占地並不大。不過日常可能會需要的用品，或者學生們有可能會利用的電子產品，都販售得十分齊全。

「嗯——我記得受理維修的地方是在對面的櫃台呢。」

櫛田好像來過很多次，她一面回想位置，一面往店面深處走去。我和佐倉則跟在她的後頭。

「不知道能不能馬上修好……」

佐倉看起來很不安地緊握數位相機。

「妳還真是喜歡相機耶。」

「嗯……很奇怪嗎？」

「不，完全不會。還不如說這是個很好的興趣吧？雖然妳可能會覺得我是了解相機的什麼

啊，但要是能趕快修好就好了呢。」

「嗯！」

「我找到嘍，能夠受理維修的地方。」

店內有著許多商品，因此視野不太好，不過受理維修的地方就在店鋪的最裡面。

「啊……」

佐倉不知為何猛然停下腳步。她的側臉看起來感覺就像是看見什麼討厭的東西，並且露骨地表現出厭惡感。

我雖然也往佐倉的視線方向看了過去，卻沒發現特別奇怪的事物。

「怎麼了嗎？佐倉同學？」

櫛田似乎也覺得停下腳步的佐倉很奇怪，因而向她搭話。

「啊，呃……那個……」

雖然她看起來欲言又止，但最後卻還是左右搖搖頭，並且做了個深呼吸。

「沒什麼……」

佐倉這麼說完，就拚命地露出笑容，走向受理維修的地方。

我和櫛田看了彼此一眼。但既然佐倉都說沒事，於是我們便跟了過去。

櫛田向店員搭話，並委託對方維修數位相機。

這段期間我閒得發慌，因此就先去附近看了電子產品。

不過，櫛田的處世之道還真是厲害。她和初次見面的店員，彷彿就像老朋友般，彼此相談甚歡。而拿相機維修的物主佐倉，則只有在對方徵詢同意以及提問時做回答。

話說回來店員的情緒也太高昂了。他正以滔滔不絕的氣勢向櫛田積極搭訕。而根據隱約聽得見的交談內容，對方似乎正在邀約櫛田一起去電影院看上映中的女性偶像演唱會。他好像是個很誇張的宅男，從偶像選舉如何如何的話題，一直聊到了雜誌的偶像。他藉由廣泛的話題，企圖以花言巧語接近櫛田。

櫛田並沒有表現出覺得討厭的模樣，所以說不定對方自以為能夠順利約到她。但我想這是個大失敗，而且她應該覺得很反感。

店員似乎因為對象是可愛的女孩而情緒興奮。對話一點進展都沒有。

感到情況實在不太妙的櫛田，認為應該進行正事，便催促佐倉拿出數位相機。

店員打開相機做了簡單的檢查。結果他說是掉落的撞擊造成部分零件損壞，因此電源才會無法順利開啟。而幸好數位相機等私人物品是入學後才購買的，保證書也有確實保存，所以可以獲得無償維修。

剩下只要填寫必要事項就結束了。照理來說是這樣沒錯，可是佐倉的手卻在表單前面停了下來。

「佐倉同學？」

櫛田覺得很好奇，於是就向佐倉搭話。她看起來好像在猶豫什麼。

我原本不打算插嘴，但是她的態度實在讓我很擔心。

而且——

直到剛才都還沉醉於與櫛田對話的店員，現在正目不轉睛地盯著佐倉。

雖然佐倉和櫛田都將視線投在表單上，因此沒有察覺。但這名店員的可怕眼神，就連身為男性的我都覺得有點不寒而慄。

「能借一下嗎？」

「咦？」

我一站到佐倉身旁就伸手請她將握著的筆遞給我。

佐倉看起來好像不懂我的用意，但她還是不安地把筆交給我。於是我就收了下來。

「維修完畢後，請你連絡我。」

「喂、喂，你做什麼？這個數位相機的持有者是她吧？這樣有點……」

「廠商保證書已證明販賣店家及購買日都沒問題，我想這並沒有任何法律上的疑慮。況且，購買人與使用者即使不同，也不會有問題。」

我在聽見「我明白了」的這句答覆前，就開始在表單上填入像是自己的姓名及宿舍房號等必要事項。

「還是說，你有什麼非她不可的理由嗎？」

我沒抬起頭，並補上這句話。

「沒、沒有。我明白了……沒有關係。」

不久我就填完必要事項，然後將單子連同數位相機一併順利交給對方。

佐倉雖然放下心中那塊大石，但對方表示大約須耗時兩個星期，維修完畢的數位相機才會送回來。佐倉對這點非常失望，洩氣地垂著雙肩。

「那個店員還真可怕呢……他氣勢驚人地說個不停，我都有點焦急了。」

「……有點噁心對吧……？」

「是、是不會噁心啦。難道說妳認識那個店員嗎？」

佐倉輕輕點頭。看來她來買相機時就認識店員了。

「綾小路同學，你怎麼想呢？」櫛田也問了我的看法。

「嗯，他或許有種讓人有點難以接近的氣質吧。特別是女孩子。」

「之前我有被他搭訕過……所以，我才會害怕自己過去維修……」

櫛田吃驚地察覺此事，然後睜大雙眼看向我。

「難不成，綾小路同學你是因為這樣才……？」

「因為她是女孩子啊。所以我想她應該很抗拒寫出自己的地址或手機號碼。」

關於這點，身為男性的我則沒有任何曝光後會困擾的情報。

「謝、謝謝你……綾小路同學。你真的幫了大忙……」

「不，這沒什麼。而且我只不過是寫了住址。如果有收到維修的連絡，我會再通知妳。」

佐倉開心似的點頭。這種程度的事就足以讓她如此高興，我甚至反而很過意不去。

「你對佐倉同學還真是觀察入微呢。」

「這說法可是會害人產生誤會喔。正確來說，我只是觀察了那個很有個人特色的店員。該怎麼說呢？他似乎散發出一種非常喜歡女孩子的氛圍，對吧？」

「啊哈哈……確實如此。」

連櫛田都受不了他。對無免疫力的佐倉來說應該相當難熬吧。

「今天因為櫛田同學妳也一起陪我，所以我才完全沒被他搭話。非常謝謝妳。」

如果是一對一面對那個店員，佐倉說不定早就逃跑了。

「不會。如果只是這種事情，我隨時都願意幫忙。佐倉同學，妳很喜歡相機呀？」

「嗯……雖然我小時候並不是這樣。不過應該是在上中學之前的那陣子吧，我爸爸買了一台相機給我。於是我就漸漸喜歡上了。話雖如此，我也只是喜歡拍照而已，根本完全不懂相機呢。」

「了解相機與喜歡拍照是兩回事喲。我認為能熱衷於某樣東西，是件很棒的事情呢。」

「我記得佐倉妳說平常都是拍風景嗎？妳不會拍人物之類的照片嗎？」

「唔咦！」

佐倉迅速往後退，慌張地上下擺動雙手。我問了什麼不妥的問題嗎？

我認為自己應該是問了極為自然的問題。純粹拍景色，也就是說她的專長是拍風景嗎？

佐倉的嘴巴一張一合，身體僵硬。

「……祕、祕密。」

原來如此。她不想對我這種人詳細回答。

「那、那個呀，因、因為這件事情很讓人害羞……」

佐倉紅著雙頰低頭說道。她有在拍會讓人害羞的照片嗎……？

雖然我正要進行各種想像，可是要是寫在臉上就很沒禮貌了。於是我便使勁忍住。

「對了。雖然很不好意思，不過我能順便稍微逛一下店裡嗎？」

「你有想買的東西嗎？」

不知該說是我有想要的東西，還是應該說是我有點在意某樣東西。

「妳們兩個也可以隨意逛逛。」

「我們也一起去吧。好不好？」

「好、好的。讓你們陪我也覺得很不好意思……而且也還有時間。」

雖然我並沒有如此希望，但看來她們兩人也要跟著我走。

看了櫛田與佐倉並肩走路的模樣，就覺得她們兩人的距離似乎在一天之內就有大幅的縮短。這種處世之道，我還真希望櫛田能分一點給我。

她們兩人好像一個接著一個地聊起女生之間的話題。為了不打擾她們，我還是去確認目標物品吧。我點開手機的通訊錄。

之前我偶然透過池參加了賭局。過程中我和人交換了連絡方式。

雖然登錄的連絡人還很少，不過我的朋友人數毫無疑問正在穩定增加。

我選擇了通訊錄中S行的「外村（博士）」（註：外村日文發音為Sotomura），撥了過去。

「博士，能打擾一下嗎？」

『嗯？綾小路殿下打來還真稀奇呢。請問有什麼事？』

我的通話對象是外村，綽號博士。他有個聽起來頭腦很好的綽號，但實際上他只是個厲害的宅男。他每天都在蒐集情報。大幅涉獵了美少女遊戲至動漫等等的內容。

「博士你平常使用的筆記型電腦，是用學校點數買的對吧？」

『是的，我花了八萬點。不過這怎麼了嗎？』

「我想在學校販售的電子產品中找個東西。」

我向他說明商品概要，並且也告訴他，我目前來到了店裡，眼前雖然有幾種類似商品，但不曉得選擇哪種會比較好。

雖然我想問店員的話應該會比較快，只不過我有一些苦衷。

『……綾小路殿下，您難道認為在下精通於這個領域嗎？』

「你如果不清楚的話就算了。」

『請等一下。』

他叫住正要掛電話的我。

『其實在下清楚。因為那種類型的東西，在下的老家約有兩台。』

「你該不會從國中開始就在做壞事了？」

『您別誤會。在下只是為了學習外語而進行著實驗。』

「那麼，如果我有需要時，能拜託你幫忙設定嗎？」

『呼呼，交給在下吧。再說在下總有一天或許也會需要您的幫助呢。』

所謂術業有專攻。即使是我不懂的領域，也會存在著對其熟習的人物。

「讓妳們久等了。」

「已經買完了？」

「今天只是預先看看。而且我也沒剩下這麼多點數能買家電。」

這時櫛田忽然盯著佐倉的側臉發起呆來。

「咦？……佐倉同學，我跟妳是不是之前有在哪裡見過面？」

「咦？沒、沒有。我認為並沒有。」

「對不起呀。我無意間看著妳，就突然隱約覺得我們好像有在哪裡見過面。那個，如果可以的話，妳能不能拿下眼鏡呢？」

「咦咦！這、這有點……！因為我的視力差到什麼都看不見……」

佐倉在胸前左右揮著手，對櫛田表示拒絕。

「欸，下次我們一起出去玩吧，佐倉同學。不只是跟我，還要邀其他朋友一起。」

「……這……」

佐倉雖然想要說些什麼，可是卻沒把話繼續說到最後。

櫛田正因為也感受到要是再問下去事情會變得很麻煩，於是才沒有多說什麼。不對，應該說是她無法繼續問下去嗎？最後，我們就這樣回到一開始會合的地點。

「那個……今天真的非常感謝。你們真的幫了我很大的忙。」

「不會啦不會啦。這也不是什麼需要道謝的事情。另外，佐倉同學。如果可以的話，妳能不能用一般的方式來說話呢？我們明明是同年級學生，使用敬語可是很奇怪的喲。」

佐倉的用字遣詞確實並不適用於同年級學生，更不用說是同班同學了。

然而，這對佐倉而言似乎不是件簡單的事，她看起來很不知所措。

「我並不是故意這麼做的……請問很奇怪嗎？」

「我不是在說這樣不好喲。不過，要是沒有敬語的話，我會比較開心呢。」

「啊……好、好的……我……我知道了。我會努力試試看。」

我原本以為櫛田會被佐倉拒絕，不過她似乎想回應櫛田的提議，而如此賣力地擠出聲音。

人與人之間的關係，應該就是像這樣一點一滴建築起來的吧。

即使對象是讓人幾乎沒有頭緒的佐倉，櫛田也穩扎穩打地拉近了距離。

「妳不用勉強自己喲。」

「沒、沒關係……因為……我也……」

佐倉微微低著頭。她的話在中途變得小聲，因此傳不到我的耳裡。不過她看起來似乎並沒有感到不愉快。

櫛田心滿意足地露出微笑，然後就沒有繼續硬是說些什麼了。

說不定這就是最恰當的距離感。

從不擅與人相處者的立場看來，有人能在前方引領自己雖然很值得感謝，可是反過來說，這似乎也會令人煩擾，或者應該說有時候要是太過於積極，反而會讓人退避三舍。

「那麼我們學校見嘍。」

櫛田如此說道，宣布解散。然而，讓人意外的是佐倉卻站在原地不動。

「那個……！」

她稍微大聲喊道，並且直視著我們。雖然我們一對上眼神，她馬上就撇開了雙眼。

「關於須藤同學的事情……如果說當成今天的謝禮，或許會有點不妥……但是如果可以的話……」

她稍做停頓，接著又清楚地把話說出口。

「……須藤同學的事情，我、我說不定能幫上忙……」

佐倉親口說出了自己就是目擊者。

我和櫛田彼此對看了一眼。

「也就是說，佐倉同學妳看見須藤同學他們打架了對吧？」

「嗯……我全看見了。雖然真的只是碰巧……很難以置信對吧？」

「沒這回事喲。不過，為什麼妳要在這個時間點說出來呢？這是很值得開心的事，可是我希望妳別勉強自己。我並不是為了賣人情才找妳出來的喲？」

佐倉好像無法好好說出話來，而左右輕輕搖頭。

她在現在這個時間點說出口，說不定就是自己比誰都還更介意須藤事件的證據。佐倉應該也想藉由某種契機來提出協助吧。

「真的可以嗎？妳沒有在勉強自己嗎？」

櫛田說出了我想說的話。她似乎正和我想著同樣的事。

對於這些詢問，佐倉似乎感受到櫛田正在擔心自己，於是便抱歉似的輕輕點頭。

「沒關係……我覺得如果默不作聲，之後應該會很後悔。我呀……也不想讓同學困擾。可是，要是作為目擊者出聲，我無論如何都會引人注目……我就是不喜歡這樣……真的很對不起。」

她懊悔似的道歉了好幾回，同時也向櫛田約好自己會出面作證。

「謝謝妳，佐倉同學。須藤同學一定也會很高興的喲！」

櫛田握起佐倉的雙手。佐倉則注視著滿面笑容的櫛田。

此時此地，是否誕生了一份新的友誼了呢。

不管怎麼說，這都是個獲得須藤他們所盼望的目擊者的瞬間。

11

與佐倉外出維修數位相機的這天晚上。我緊握著手機。

我拿著手機的那隻手所流出的汗，多到讓人不覺得是身在開著冷氣的室內。

「我們與佐倉的距離縮短了……應該可以這麼說吧？」

『如果跟昨天為止比起來是沒錯。唉——還差得遠呢。我真是對自己失望。』

想必櫛田本人心中是打算跟她變得更要好吧。然而，總覺得佐倉在自己與他人之間放置了一坐高大的牆。只要不翻越這道牆，就很難召集她作為目擊者出面吧。

「話說回來，為什麼妳想讓佐倉拿下眼鏡啊？」

『嗯——你問為什麼，我也不知道該怎麼回答。不過總覺得佐倉同學好像不適合戴眼鏡。或者應該說她和眼鏡很不搭調嗎？我自己也不太清楚。而且我覺得自己跟她見過面，大概也只是錯覺而已。』

「不……說不定這並不是妳的錯覺喔。佐倉她不是打扮得很不時髦嗎？我也是這樣子，而且還盡量挑選色調樸素的那種不顯眼服裝。」

『是呀，她應該不會刻意打扮得時髦吧。不過這又怎麼了嗎？』

佐倉打算撿起掉落在地上的數位相機時，我從旁邊看見了她的眼鏡。

我一直都將當時所感受到的異樣感掛在心上。

「這種女孩會戴裝飾用眼鏡，讓我覺得有點不自然。」

『咦？佐倉同學的眼鏡是裝飾用？可是她不是說自己視力不好……』

「一般眼鏡與裝飾用眼鏡乍看雖然相同，不過卻有一處決定性的差異。那就是鏡片另一側的畫面會變形。佐倉鏡片中的畫面並沒有出現變形。我還以為她鐵定是為了打扮才會戴上。不過聽完佐倉今天說的話，我就開始覺得很奇怪。」

『只靠眼鏡打扮？嗯——一般人不會這麼做呢。』

如果連裝飾品都很講究，那她應該也會在服裝或妝容上面花心思。

「還是說，這是為了掩飾自卑感呢？例如說，戴眼鏡的話會看起來很有知性對吧？」

『確實如此呢。戴眼鏡的話看起來就會很聰明。』

「佐倉的情況，則或許是由於她不想讓人看見真實的自己，所以才會戴上眼鏡吧。從她總是駝著背，以及不與人視線交錯看來，我也不認為她只是純粹不喜歡社交。」

我隱約覺得那裡似乎隱藏著某種能夠跨越那道高牆的手段。

『帶綾小路同學你一起來，果然是正確的選擇呢。總覺得你很用心在觀察對方。』

……有點害羞。

與櫛田互動的輕鬆之處，就在於她會巧妙地將對話自然延續下去。

對於我這種不擅長做球的人，她會向前縮短距離，走到能夠讓我容易丟話題的地方。

『然後呀——』

當我再次受到櫛田溫柔的引領之時，有通插撥打了進來。

我不讓櫛田察覺地偷偷確認來電者。如果是池或山內，那就之後再說。而如果是堀北的話……就到時再思考該怎麼做吧。雖然我這麼想……

但螢幕上顯示的名字是「佐倉」。

「抱歉，櫛田。我可以等一下再打給妳嗎？」

『啊，好。對不起呀，講了這麼久。』

即使依依不捨，我還是掛了電話，並趁來電還沒掛掉之前，接起佐倉的插撥。

我按下通話鍵。接起後的數秒期間，聽筒都沒傳出任何聲音。

『那個……我是佐倉……』

「我是綾小路。」

我們已事先互相交換了連絡方式。這對話開頭還真是奇怪。

雖然我們形式上交換過連絡方式，不過我原本預估她十之八九不會打給我。因為需要連絡的話，只要打給櫛田就可以了。

『謝謝你今天能夠陪我。』

「不會……這也不是什麼大不了的事，妳可以不用放在心上。被答謝這麼多次的話，連我都要覺得不好意思了。」

『嗯……』

沉默時刻降臨。與其說是佐倉的錯，不如說是因為我沒有好好回覆她拋來的話題。我深深感受到自己在和櫛田對話時，有多麼仰賴她的引領。

即使如此，我也覺得自己似乎必須在這通電話裡付出努力。

「怎麼了？」

『呃……』

沉默再次持續。這種時候我該如何是好呢？平田大哥，請您告訴我。

『你有沒有……想到什麼事情？』

她實在是說出了一句既籠統又不明確的話。

想到的事情？像是「櫛田穿便服的模樣好可愛」，或者「佐倉妳意外地是個有趣的女生」——她想要的應該不是這種答覆吧？

線索實在太少，我完全不知道佐倉期待我回答什麼。

「發生什麼事情了嗎？」

我在她的話中察覺到不安的情緒，便想辦法試著將那條細細的線索拉過來。然而，我輕輕拉住的那條線，卻像是融進水中般輕易斷開。

『對不起，沒什麼事……晚安。』

我連叫住佐倉的時間也沒有，她就把電話掛掉了。

雖然我有想過要不要立刻回撥，可是了解到最後只會重蹈剛才的覆轍，便作罷了。為了慢慢思考，我站起來走到洗手檯洗把臉。

我和櫛田的通話時間約為十分鐘，不過這段期間，櫛田的手機好像沒有電話打進來的跡象。櫛田在這之前如果有接到佐倉的電話，即使告訴我也完全不奇怪。那麼，她是打算打給我，再打給櫛田？……這也很難以想像。一般人要打電話時，都會先打給較親近的人，或者輩分較高的人。換句話說，把這次情況視為她只有打電話給我，會比較合理。

為求慎重起見，我傳了訊息給櫛田，問她佐倉是否有和她連絡。

幾分鐘後我收到了回覆。她果然說佐倉並沒有連絡她。

『她拜託我也邀請你呢。你和佐倉同學有接觸呀？』

今天早上見到櫛田時，她是這麼對我說的。

當時我以為是因為她和櫛田獨處會緊張，所以才請櫛田隨便邀個人。不過……原來事情並非如此嗎？

櫛田所說的「一見鍾情～」這種不切實際的幻想就先姑且不論。她會有什麼非我不可的理由嗎？我回想今天一整天與佐倉互動時的感受。

雖然幾乎都是櫛田與佐倉在進行對話，不過也有向我拋來的話題。內容是關於量販店受理維修的店員。除此之外我就想不到了。

假如她是因為這件事，才問我「你有沒有想到什麼」的話呢？

我拚命蒐集來的拼圖還太小，而且數量也很不足夠。

我的腦中浮現了幾種想像、幻想之類的東西，但不論哪種都缺乏可信度。

都無法成為足以下決定，並斷言「就是它了！」的這種判斷素材。

一般都會認為去學校問本人就行了，然而，佐倉的情況則沒這麼簡單吧。

要是我向沒跟任何人說過話的佐倉攀談，從不好的層面看來，會很引人注目。

我一面祈禱我對這通電話的這份操心，最後會以杞人憂天告終，一面開始準備就寢。

高度育成高級中學學生基本資料　　時間7/1

姓名	佐倉愛里 Sakura Airi
班級	一年D班
學號	S01T004738
社團	無
生日	10月15日

評價

學力	C+
智力	C
判斷力	D
體育能力	D
團隊合作能力	D-

面試官的評語

與他人的溝通能力，像是看著對方眼睛說話，以及言語構築等，並未達到作為高中生應有的水準。學業及體育能力的不足也同樣相當明顯。由於培育傑出人才並將其送出社會也是本校的存在意義，因此我們決定錄取這名學生。期待她會在有著許多問題學生的D班中學習，並且有所成長。

導師紀錄

交友狀況還未見進展，能夠稱作朋友的學生也似乎還沒有出現。

須藤與C班之間的談話，終於只剩下一天。

在堀北的協助之下，我們找到了佐倉這個目擊者。而櫛田、平田他們則藉由行動給予全班活力與勇氣。班上似乎多少說得上是團結一致了。

然而，這很明顯還欠缺著決定性的一擊，因此要證明須藤無罪依然相當困難。

這場審議中，判斷對錯的那條界定線，將大幅左右我們的作戰方式。

「話說回來，今天也還是很熱耶……」

人最會去思考地球暖化問題的時候，便是走出開著冷氣的建築的瞬間。

一想到接下來到八月期間，每天都要被酷暑折磨，就覺得很提不起勁。

我一走出宿舍大廳，悶熱的強勁熱風便撲面而來。在抵達學校前的數分鐘期間，我一面忍耐著肌膚的灼痛感，一面走在綠葉茂盛的林蔭大道上前往學校。

鞋櫃不遠處的樓梯中央平台上有個公布欄，我注意到它和平時不太一樣。

上頭貼著一張告示，招募持有須藤與C班相關消息的學生。

「這是──」

看來那名幫手已經展開了行動。我們並沒研究出這種形式的策略，因此這實在非常令人感激。她真的很有行動力。

而且，她似乎認為光是這樣的話效果會很弱，於是甚至還寫上會向有力情報提供者支付點數。這樣的話，即使是平時不感興趣的學生們，也應該會注意這則消息。

正當我大略看了告示內容，並對其感到佩服之時……

「早安！綾小路同學！」

來學校上課的一之瀨從我後方向我搭話。

「我剛才在看這張告示。這該不會是一之瀨妳做的？」

我將視線移往告示，一之瀨便很感興趣似的看向那張紙。

「哦──原來如此、原來如此。還有這招呀。」

「咦？這不是妳做的嗎？」

我還以為這鐵定是她想出的作戰。

「這大概是──啊，有了有了。早安，神崎同學。」

一之瀨舉起手，叫住一名男學生。男學生發現一之瀨，便踏著安靜的步伐走了過來。

「這張告示是神崎同學你貼的對吧？」

「對。這是我在星期五準備好並且貼上去的。這怎麼了嗎？」

「沒有，因為他好像想知道這是誰做的。啊，我來介紹一下。他是B班的神崎同學，而這邊這位是D班的綾小路同學。」

「我是神崎，請多指教。」

神崎的態度雖然嚴謹，但似乎是個很規矩的學生。他的身高很高，體型修長，是個與平田類型不相同的帥哥。我握住了他伸過來的手。

「神崎同學，如何？你有得到有力的消息嗎？」

「很遺憾，我並沒有得到派得上用場的消息。」

「這樣呀。那麼我也來看一下之前的那個公布欄。」

「公布欄？你們還貼了其他告示？」

「不是喲。」一之瀨輕輕一笑，然後如此否定道。

「你有看過學校的官方網站嗎？那裡有個公布欄。我們有在那裡呼籲大家提供消息。我們在上面寫說——假如有誰目擊了校內發生的暴力事件，我們願聞其詳。」

一之瀨這麼說完，便讓我看了她的手機畫面。

上頭確實寫著徵求目擊者的留言，而且就連瀏覽人數也都能看見。人數雖然看起來還只有幾十人，但是也遠比直接四處探聽還更有效率。

而這裡也同樣寫著——我們將對提供有力情報者，或者目擊證人支付點數，作為報酬。

「啊，點數的事情，你不用在意。因為這是我們自作主張。再說，按照目前的迴響看來，要得到新消息或許有點困難呢……啊！」

「怎麼了？」

「關於那則留言，我好像收到了兩封左右的郵件。對方說握有一些情報。」

一之瀨確認手機畫面。

她閱讀了一下信件內容。隨後似乎是閱讀完畢，因而露出了笑容。

「雖然是這種感覺的內容。」

一之瀨傾斜手機，讓我也能看見文章。

「C班的那個石崎同學，國中時代好像是個大壞蛋呢。聽說他打架本領似乎也很厲害，而且還被當地學生畏懼著。這應該是同鄉學生所洩漏的情報吧。」

「真有意思。」

同樣在附近閱讀文章的神崎如此嘟噥道。

我也和神崎一樣，認為這是個非常有意思、有趣的情報。因為在我想像之中，被須藤幹掉的三人組，全都是極為普通的學生。然而，如果當中有習慣打架的人物，那就是另一回事了。而且剩下的兩個人也同屬籃球社團，所以運動神經本身應該不差吧。這三人一擊都沒出手，而且還遭

到反擊。我不禁感受到明顯的不自然。

「神崎同學，你看了這個之後，是怎麼想的？」

「說不定他們是故意讓須藤打的。只要想成那三個人是為了設計須藤而行動的話，事情就自然說得通了。」

「嗯，是呀。真不愧是神崎同學，真是一語道破呢。接著只要確實獲得這份消息的佐證，說不定就會更進一步連結到須藤同學的無罪。不過，這似乎還是不夠強力。」

「是啊。即使順利操作觀感，最佳情況應該也是平局。單方面遭受毆打的事實，無論如何都會沉重地壓來這方。」

想必須藤也不希望事情最後以雙方皆受到懲罰作結。他們兩人似乎還想到要替須藤盡量減輕責任比重。

「假如加上D班目擊者的意見，那或許就能將局勢帶到六比四，或甚至是七比三。你那邊怎麼樣？對方是靠得住的目擊者嗎？」

「不，目前還說不清。」

我隱瞞佐倉的姓名，接著回答還在交涉中。

「這樣呀……是有什麼原因嗎……？」

佐倉的問題很敏感，因此我避免詳細說明。她當天說不定會說出「我果然還是不去了」這種

話，所以我想替她留下一條退路。

「不過還真的沒有其他目擊者的消息呢。要是有人能夠出面，我想事情就很有意思了。可是果然還是很棘手耶。雖然已經沒時間了，但我們現在也只能等待網路或告示這邊出現消息了。」

「這樣好嗎？還讓你們做到這種地步。你們可是會被C班的傢伙們盯上喔。」

「沒關係沒關係。再說我們本來就已經被C班和A班兩方盯上了。」

「一之瀨說得對。我們沒有任何問題。況且，如果是按照規則進行的競爭那也正合我意。然而，這次的事件卻超出了規則，是不可原諒的行為。」

一之瀨與神崎在與校方及同年級學生的戰鬥上，展現出堂堂正正的態度。

「總之，我得先把點數匯給提供情報的人呢。啊，可是對方似乎希望匿名……我該怎麼轉讓點數才好呢？」

「可以的話，我來教你吧？」

「綾小路同學，你知道方法呀？」

「我在手機上做了各種操作才記住的。妳知道對方的信箱嗎？」

「知道喲，雖然是網路上的免費信箱。」

一之瀨迅速地靠過來，並將手機面向我。該怎麼說？這真是段無防備的距離。

我想女孩子的話，通常都不會想讓男性進到這距離之內……

雖然我不清楚這具體上來自何處，不過一之瀨身上飄來了很舒服的香氣。

「那麼，點開匯款畫面吧。左上角應該會有自己的ＩＤ號碼。」

我隱藏著自己心跳稍微加速的這件事情，並且一面如此指示。

「嗯——」

一之瀨流暢地移動手指，觸碰手機畫面。

接著點下開啟自己點數頁面的按鍵。頁面在讀取過後顯示了出來。

這個剎那，一之瀨瞬間脫口輕聲叫出一聲「啊」，隨即便將畫面從我面前移開。

「有了有了。就是這個了吧。我該怎麼使用這個ＩＤ號碼呢？」

「這個ＩＤ號碼可以產生暫時性的動態密碼。只要把它告訴對方，對方應該就會傳來匯款請求。」

「原來如此呀，謝謝。」

「那我們走吧，綾小路同學。」

「好。」

一之瀨邁出步伐。

「…………」

剛才，我一瞬間看見一之瀨手機顯示出的畫面。其中某個部分，已深深地烙印在我腦中。

要怎麼做才能讓那種事情成真呢？

一之瀨他們說不定會成為阻擋堀北爬上A班的巨大障礙。

1

「早安！綾小路同學！」

「喔，嗯。早安。」

櫛田今天比平常都還更加開朗、充滿活力地向我打招呼。對於這份氣勢及耀眼光輝，我的身體反射性地向後仰。

「昨天很謝謝你。你真的幫了大忙。」

不，雖然我非常開心妳用這種耀眼的表情這麼對我說，但我可不記得自己有被人添麻煩。倒不如說，這是我第一次假日出門，而且又是跟佐倉和櫛田這種女生一起出去玩。這簡直太奢侈了。哎呀，幸好現在池跟山內還沒到校，真是太好了、太好了。

要是給那些傢伙聽見這種事，他們一定會因此對我做出多餘的怨恨。

「下次再一起出去玩吧。」

「喔，嗯。」

我即使很清楚這句話只是客套，卻還是有點怦然心動。哎呀，這樣也不錯。

「你假日和櫛田同學待在一起嗎？」

這是我隔壁鄰居的聲音。我簡單回答一句「是啊」。

「她拜託我稍微幫忙一下佐倉的事，所以沒辦法就幫忙了。」

「是嗎？」

「這怎麼了……嗎……」

我無意間把臉面向身為鄰居的堀北，結果看見她露出我從未見過的表情。

「怎、怎麼了啊？」

「『怎麼了』是指？」

「不，妳正擺出很可怕的表情耶。」

「是嗎？我並沒有打算這麼做。我表現得就跟平常一樣。我只是很佩服你變得很能任意行動了呢。我拜託你的時候，你明明就很心不甘情不願，可是對象換成櫛田同學，你就會輕易答應呢。我正在冷靜且謹慎地分析其中的差異為何。」

她雖然說自己很冷靜且謹慎，但我完全看不出來是這樣。

「過來一下。」櫛田用指尖輕輕點了我的肩膀，接著如此說道，把我叫了出去。

看見這情況，堀北又再次對我投來非常謎樣的表情。

櫛田把我帶到走廊，就一面偷瞄教室裡面，一面如此說道。

「總覺得我似乎看見非常新奇的事情了呢。原來堀北同學也會露出那種表情呀。」

櫛田好像知道堀北那張表情的意思，而表現得很驚訝及喜悅。

「新奇？雖然我覺得堀北的表情很可怕……而且還稍微帶有怒氣……」

「不對喲。那張表情的意思是——你都不邀請我，我覺得很寂寞。我覺得自己被疏遠了。」

「那個堀北會這樣？怎麼可能。」

「雖然總覺得她本人好像也沒有意識到……她一定是發現了與朋友說話、共度的時光之中的樂趣了吧。這是好事情、好事情。」

這真奇怪。堀北對櫛田沒有好印象。然而，卻對沒受邀感受到疏遠。這樣很奇怪吧。

「綾小路同學，你該不會從根本上就誤會了吧？堀北同學是在不高興沒被綾小路同學你邀請喲。」

不不不，我認為這才不可能……那傢伙可是個最喜歡孤獨的少女耶。

假日和人出門，對象又是像我這樣的男人——她不可能從中發掘出什麼樂趣。這真是個遭遇不可思議現象的瞬間。

2

我們在教師辦公室前方叫住開完朝會的茶柱老師。這是因為顧慮到在教室的話會很顯眼，而對佐倉做出的考量。

昨天在電話的事情上，就這樣無疾而終的我，與佐倉一同站在後方待命。

櫛田應該會好好地向茶柱老師轉達一切吧。

「目擊者？是目擊到須藤事件的嗎？」

「是的。佐倉同學看見了事件的所有過程。」

櫛田把站在後方靜靜待命的佐倉叫過去。她帶著有點緊張的神情，往前踏出了一步。

「據櫛田所言，妳似乎看見了須藤他們打架。」

「……是的。我看見了。」

與其說是沒自信，倒不如說，她因為被老師凝視而很難受。

即使如此，約定好要作證的佐倉，還是慢慢道出了真相。

茶柱老師直到最後都沒插半句嘴。我們也是初次聽見這些內容。

「妳說的話我了解了。不過，我並不能直接採納。」

櫛田之前應該是認為茶柱老師身為D班班導，會對於目擊者的發現感到喜悅吧。

但期待遭到辜負，她慌張地詢問理由。

「請、請問這是為什麼呢？老師？」

「佐倉，妳為何事到如今才出面作證？妳沒有在我朝會上通知時站出來對吧。這應該不是因為缺席吧。」

「這是因為……那個……我不擅長和人說話……」

「明明不擅長，如今卻出面作證，不也很奇怪嗎？」

茶柱老師進行理所當然的追問。如果她在最早的階段就站出來，那麼老師應該也會坦率地對目擊者的存在感到高興吧。

「老師，佐倉同學她是──」

「我現在在問的是佐倉。」

茶柱老師以銳利且充滿怒氣的聲音打斷櫛田的發言。

「呃……因為班上同學……很困擾……如果我出面作證……就能幫上忙的話……想到這些，所以我才會……」

佐倉彷彿像是被蛇盯上的青蛙那般縮著身體、駝著背。

即使如此，身為班導的茶柱老師，應該也對佐倉這名少女的性格有著充分的了解。

老師應該也感受得到，她光是像這樣說出真相就已經大有進步了。

「原來如此。也就是說，這是妳自己拚命鼓起勇氣這麼做的？」

「是的……」

「這樣啊。妳若是目擊者，作為義務，我當然也會準備向校方傳達。不過這件事情，校方應該不會直率採納。想必這也無法證明須藤的無罪吧。」

「請、請問這是什麼意思呢？」

「意思就是說，佐倉真的就是目擊者嗎？我認為這應該是我們D班學生害怕受到負面評價，才捏造的謊言。」

「茶柱老師，我覺得您這種說法很過分！」

「過分？假如她真的目擊到事件，就應該要在第一天提出來。期限快到才站出來，即使遭受懷疑也理所當然。況且，說到目擊者又是D班的學生，那就更是如此。要人家別去懷疑才是強人所難。你們不這麼覺得嗎？同班學生正巧就在那棟人煙稀少的校舍，並且碰巧目擊了一切。實在讓人難以相信。」

茶柱老師的說法很合理。

佐倉目擊事件的這件事實，真的是太巧合了。就算遭人懷疑也莫可奈何。

要是旁人這麼對我說，想必即使是我，也絕對會認為這是他們自己人所編出的謊話。

如果進行公正審判，那麼這作為目擊證言，效果當然就會變得很薄弱。

「不過目擊者就是目擊者，也無法斷定這就是謊言。我就姑且先受理這件事吧。另外，根據狀況，審議當天校方應該會要求佐倉出席進行討論吧。討厭與人扯上關係的妳，能辦到這種事情嗎？」

茶柱老師以試探般的言語動搖佐倉。

不出所料。佐倉似乎想像了當天的情況，總覺得她的臉色有點發青。

「如果妳討厭這樣，那麼退出也是一種辦法。到時候請妳再事先告知參加審議的須藤。」

「沒問題嗎……？佐倉同學？」

「嗯、嗯嗯……」

雖然她算是給了回覆，可是好像很沒自信。

她不僅要在眾人面前作證，當天還要單獨與須藤參加審議。

強迫她做這些，實在有點殘酷……

「老師，我們也可以參加嗎？」

櫛田果然站出來了。她應該是為了要支援佐倉吧。

「只要須藤本人同意，那我就允許你們吧。但這不代表人數沒有上限。校方最多允許兩人同席。你們好好想想吧。」

我們就像是被轟出去似的離開教師辦公室。隨後，我們便向留在教室裡的堀北說明了情況。

「這確實是理所當然的結果呢。」

「對不起……我要是早點站出來的話……」

「局勢或許確實多少會有些不同，不過應該也沒有多大的差別。目擊者是D班學生，真的很不走運。」

雖然不清楚這是不是堀北安慰人的方式，但她說得就像是在袒護佐倉。只要沒出現大家都認可的目擊者，應該就無法洗清須藤的冤屈吧。

「另外，櫛田同學。當天妳能讓我和綾小路同學出席嗎？我非常清楚妳會是佐倉同學的精神支柱，但要議論事情的話就另當別論了呢。」

「這……嗯，也對。我想我無法在這部分幫上忙。」

我本想插嘴說出「要是堀北跟櫛田合作就完美了」這句話，可是還是作罷了。正因為這不可能實現，所以她才指名我當替代角色吧。

「佐倉同學，這樣沒關係吧？」

「……我、我明白了。」

雖然感覺她完全不ＯＫ，不過在這場合上，她應該也只能如此回答吧。

3

包含確認的目的在內，我們午休在教室中展開了作戰會議。

堀北雖然似乎不情願參加，但在櫛田的哀求之下，最後還是參加了。

她本人表示：只要先在芝麻小事上妥協，之後在重要的事情上，就能輕鬆拒絕對方。

可是妳不管何時何地都會拒絕別人吧？——我雖如此心想，但還是閉上了嘴。

「明天……我們能夠證明須藤同學的冤屈嗎？」

「當然啊，櫛田。因為我只是被他們陷害而已。我當然會是清白的。對吧？」

他們兩人幾乎同時向堀北尋求意見。

堀北不知道是不想回答，還是覺得麻煩，她沉默地將麵包送進嘴裡。

「喂，堀北。怎麼樣嘛。」

不懂觀察氣氛的須藤探頭窺視堀北。

「別用你的髒臉靠近我。」

「……才、才不會髒咧！」

須藤似乎被意料之外的直白發言傷害，因此內心動搖。

「對於你認為能輕鬆證明無罪的想法，我還真是覺得很不可思議呢。即使已經蒐集到對抗他們的籌碼，狀況也還是很不利。」

「知道真相的目擊者，以及敵人過去的惡劣品性。光是這些就很足夠了啦。他們可是壞蛋耶。」

須藤把自己的不對擱在一旁，並且自以為是地蹺起二郎腿，點了兩三次頭。

「啊，喂，我還正在看耶，還給我啦！」

「有什麼關係，我也出了一半的錢。我之後再給你看啦。」

池跟山內互相爭奪著漫畫週刊雜誌。他們剛才這麼安靜，原來是在看漫畫啊。即使說自己沒點數，每個星期卻都擠得出買雜誌的錢，還真厲害。

「咦……？」

櫛田在看著這幅光景的我身旁做出沉思的動作。

「……難道說……」

「怎麼了？」

「啊，不，沒什麼。我只是有些掛心的事情。」

我不太清楚狀況。不過，櫛田隨後便拿出手機，開始調查起什麼。

4

回到宿舍的我，躺在床上呆呆看著電視。

我沒有特別認真看內容，就只是這樣子度過這段放鬆的時間。

而處於這種狀態的我，這時收到了一封信件。寄件者是佐倉。

『假如明天我向學校請假的話，請問事情會變得如何呢？』

『妳這話是？』

我簡短回覆，並等待佐倉給我回音。

『請問你現在正在做什麼呢？』

她回信給我了。我說我現在一個人在房間裡。

『如果可以的話，請問現在能和你見面嗎？我的房號是一一〇六。』

『如果你能夠對任何人都保密的話……那對我會是個很大的幫助。』

我連續收到兩封信件。不如說，這感覺比較類似於聊天室的對話。

她的用意為何呢？我起身打算詢問理由，因此滑了滑手機。不過操作到一半，我就停下手上

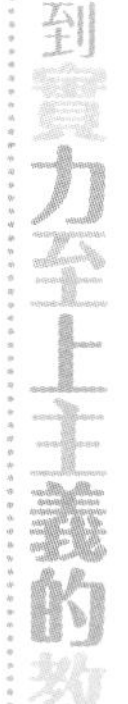

的動作。貿然詢問理由，要是她回應我「還是算了」，那我就很難去拜訪她了。

我直覺先直接見面會比較好，因此便再次操作手機，輸入文字。

『我大約五分鐘後到。』

我如此回信，然後伸手拿外套，但還是決定作罷。

反正是同棟宿舍，只穿襯衫應該也可以吧。接著我前往了佐倉告訴我的房間。

我還是第一次踏入上面的樓層……換句話說，就是女生的居住區。

由於校方並沒有禁止男生進入，因此我即使移動到上層，也不會被視為是問題。實際上現充們都會經常去樓上玩。

校方雖然允許這種比較自由的行為，不過規則上似乎有限制晚上八點過後禁止進入。這應該是因為校方還是得禁止男學生半夜待在女生樓層吧。

我按下按鈕，叫住從下往上升的電梯。當我正打算搭進開啟的電梯時，卻不湊巧在裡頭看見搭乘電梯的堀北。

「…………」

我不知為何無法動彈，一動也不動地一直站著。

不知道這算是運氣好，還是運氣不好。這個巧遇朋友的情況，究竟算是哪種呢？

「怎麼，你不搭嗎？」

堀北看見站在門口一直不動的我，便打算關上電梯門。

「啊，不。我要搭……」

雖然覺得很尷尬，但我還是搭上了電梯，按下十一樓的按鈕。我看見十三樓的燈亮著。堀北的房間似乎是在十三樓。

該怎麼說呢？我從身後感受到奇怪的視線。

「妳今天……回來得真晚啊。」

我無法繼續忍受沉默，於是頭也沒回，就這樣問了堀北。

「因為我去買東西。你沒看見嗎？」

後方傳來塑膠袋的聲音。

「話說回來，妳都是自己開伙呢……」

電梯雖然一如往常地運作，但我卻覺得速度很慢。螢幕顯示才剛經過六樓。

問題並不是出在對象是堀北，而是被女孩子偷偷叫出來的這種狀況。大概就是因為無法說出口，我才會這麼不鎮定吧？

「不是十樓沒關係嗎？」

十樓？我對這未曾想過的層數稍微感到疑惑。

「看來你不是要去十樓呢。」

她究竟是抱著怎樣的企圖問我是不是要去十樓的呢？

「身為避事主義者，自己卻涉及事件到這種程度，還真是積極呢。還是說你是有什麼別的目的嗎？」

「妳要是有話想說，不如就直說吧？」

堀北明顯是在刺探消息。

「你不是要去見佐倉同學嗎？」

「不，不對。」

我立刻予以否定並搪塞她，但不知這對堀北奏不奏效。

「是嗎？雖然你要去哪兒都與我無關。」

那妳就別問嘛——我雖然很想這麼說，不過還是把話放在心裡就好。

經過很長的一段沉默，電梯終於抵達十一樓。我努力故作鎮靜，接著出了電梯，沒有回頭。

「打擾了……」

「……請進。」

佐倉穿著便服來迎接我進去房間。

「那麼，妳找我有什麼事？」

「那個……綾小路同學，你記得你之前對我說過的話嗎……？你說即使我是目擊者，也沒有義務站出來。還說勉強自己作證也沒有意義。」

這是偶然在特別教學大樓裡見到佐倉時的事。我輕輕點頭。

「……我……果然還是沒有自信……」

「妳是指在大家面前好好講完話的這件事嗎？」

「我一直以來都辦不到……我很害怕在大家面前說話……要是明天在老師們面前被問起那天的事情，我沒有自信能夠好好回答……所以……」

「所以妳才在想要不要跟學校請假。」

佐倉輕輕點頭，接著喪氣地將額頭撞到桌子上。

「啊——討厭，為什麼我這麼沒用呀！」

她迅速地揮動著手腳，為自己感到羞恥。我第一次見到她這種模樣。

「……佐倉妳其實意外的是那種情緒高昂的人嗎？」

我因為她這副模樣感受到與平時的差距，因此有點傻眼，或者應該說是驚訝。

「咦！」

她本人也察覺到讓人看見了醜態，便滿臉通紅地搖著頭。

「不、不是這樣。事情不是這樣的！」

原來她也做得出這種表情啊。她總是擺出悶悶不樂的臉，所以我都不知道。

「欸，我能問一個問題嗎？妳為什麼會向我搭話呢？」

不管是櫛田也好，別的學生也好，應該還有其他更能設身處地陪她商量的人吧。

「因為綾小路同學你的眼睛並不可怕……」

嗯？這是什麼意思？雖然我覺得自己的眼神確實不算可怕……

「如果要商量事情，櫛田比較會為妳設身處地著想喔。而且她朋友也很多。」

「啊，不是的。我並不是單指直接看上去的眼神。應該說是眼神深處嗎……我只要看了對方的眼睛，就會隱約知道……不好意思，我無法好好地表達出來。」

這就類似於她自己的直覺嗎？

代表我看起來很瘦弱並且沒霸氣嗎？……感覺有點複雜。

「因為男人……即使看起來很溫柔，有時候也會突然變得很恐怖……」

從女孩子的角度來看的話，或許男人看起來很可怕也沒辦法。不過佐倉卻露出異常畏懼的表情。話說回來，上次去維修數位相機的時候，她也……

真要說的話，男女在力氣、體力上的差距的確非常明確。

可是一般來說，幾乎不會有什麼女孩子會在意、畏懼這點地生活。

難道她過去發生什麼使她不自覺會害怕男人的事情？

……我是在擅自分析個什麼勁兒呀。我對自己這副老樣子覺得有點討厭。

「我知道只要如實說出看見的事情就可以了。可是，我無論如何都無法想像那種事情……請問我該怎麼做才能夠態度積極地說話呢？」

佐倉無助到甚至來向我這種學生尋求救贖。想必她這幾天一直都在煩惱吧。

她最終尋找到的救贖是我，便足以說明她有多痛苦。

「如果妳不想要的話，我會幫妳告訴他們。」

「……你不會生氣嗎……？」

「我一開始就說過了吧。強迫妳作證不會有什麼意義。」

佐倉雖然是寶貴的證人，但無法成為確鑿的證據。只要須藤無法獲判無罪，實際上也可以說是沒有影響力。只是假如缺席，須藤應該會非常生氣吧。

雖然這點必須想點辦法哄哄他，但辦法也多得是。

「那個……綾小路同學，你認為怎麼做最好呢……？」

「按照佐倉妳喜歡的去做就可以了。」

或許她希望我給出具體的指示，但很不巧，這事情我辦不到。

我並不是那種能對誰下指導棋的優秀者，而且這也不適合我。

「也是呢。突然被問這種事情，你也會困擾吧……我還真是沒用。我應該就是因為這樣，才

會交不到半個朋友吧……」

佐倉似乎是對自己感到厭惡，突然無力地垂下雙肩，露出苦笑。

「我倒覺得如果是妳的話，一定可以馬上交到好朋友耶。」

「完全不行……我連該如何跟人好好說話都不曉得……綾小路同學你和各種人似乎都很要好，我覺得有點羨慕。」

「我這種人才完全——」

從佐倉眼裡來看，我似乎有著許多朋友，並且看起來很開心。

「說這種話或許很冒昧，但我們應該就類似是朋友了吧。」

我用手指先後指了自己與佐倉。

「……我們是朋友嗎？」

「妳如果說不算的話，那或許真的就不算吧。」

「不……我很高興……你能夠這麼說……」

即使佐倉有點不知所措，但她還是如此答道。

現在我了解到，人若是不好好地面對面說話，就無法看見對方的本質。今天得知佐倉那意想不到的另一面，令我非常驚訝。

只要能夠更表現出自己的內心，她應該就能馬上交到朋友。

真的只需要小小的微調就可以了。然而，這種輕微的調整，應該很困難吧。即使從旁人角度看來微不足道，但只要換作是自己，那就另當別論了。

「謝謝你今天能過來見像我這樣子的人。」

「這沒什麼大不了的。假如只是這種事，妳隨時都能叫我。」

如果這麼做多少能減輕佐倉的負擔，也代表我自己是有價值的。

明天要不要來學校，就交給佐倉自己決定吧。

我想應該已經沒事了，於是就站起來，打算出去房間。不過佐倉看起來卻好像還是沒有精神。

「對了，妳今天接下來有安排嗎？」

「接下來嗎……？不，我並沒有特別的安排。應該說，我一直都沒有什麼特別的安排。」

嗯——雖然我也大致上是這樣，不過從別人口中聽見這種台詞，還是覺得有點寂寞。

「那要不要稍微出門一下？如果妳不嫌麻煩的話。」

我下定決心試著邀請佐倉。

佐倉似乎一時間無法理解我的意思，就像是忘卻時間般僵硬不動。

接著，她忽然毫無預兆地迅速站起。

「哈唔！」

然而，佐倉的膝蓋卻撞到桌子，並且痛得倒下去。她的眼鏡飛了出去。

「剛才那樣感覺非常痛耶……妳沒事吧？」

「我……我一點也沒事……！」

她的眼角泛出淚光，一邊忍耐著劇痛。即使她這麼說，也完全沒有說服力。

我撿起飛出去的眼鏡。這鏡片果然沒有度數。

我遞出眼鏡之後，佐倉就以顫抖的手收了下來。她向我道完謝，就再次戴上了眼鏡。佐倉與痛楚奮戰大約一分鐘，好像才終於平靜下來，恢復冷靜。

「請、請問我們要去哪裡呢？」

我不太清楚她的想法，只知道她正在防備我。

難道我被她當成是在搭訕了嗎……若是這樣，那就不太好了。

「雖然我沒有確切決定要去哪裡，應該就在附近閒晃一下吧？啊——不過我也很討厭熱天氣呢……」

正當我在煩惱該怎麼辦才好，佐倉就客氣地說道：

「如果可以的話……我有一個想要去的地方……請問這樣也好嗎？」

「咦？好，當然可以。倒不如說，這麼做我覺得還比較好。」

而且比起挑選地點，我也只是想換個氣氛跟她聊天。

佐倉如果有想去的地方，那我也求之不得。

5

佐倉說有想去的地方，於是就帶著我走。我們最後來到了一個意料之外的地點。

位於遠離校舍的這個地方，有一棟專門為社團活動所準備的建築。

她把我帶到像是弓道社、茶道社等，帶有和風感覺的地方。

從有點遠的地方，不時會傳來射箭的聲音。

「妳並沒有在玩社團吧？」

「是的。不過我之前就很想來一次這種地方。可是假如是一個人的話，會很引人注目……」

如果獨自在這附近閒晃，那大概一定會被當作是對社團有興趣的學生，而被人搭話。然而，假如是一男一女行動，別人應該就會覺得他們只是在約會吧。

「請問你為什麼會找我出來呢？」

「嗯？妳問為什麼呀。像這樣再被問起，我也很難回答耶。」

我擔心明天妳是不是真的沒問題——即使說出這種話，也只會讓她不安。

「應該是因為我覺得要是能轉換心情的話就好了。我也是個孤單少年，大致上都是獨自一人，所以大多時候都待在房間。我有種不管怎樣都會壓抑自己的傾向。」

佐倉似乎沒有接受我這絞盡腦汁想出的解答，並露出了懷疑的態度。

「綾小路同學，你不是有很多朋友嗎？」

「……有嗎？比如說呢？」

「像是堀北同學、櫛田同學、池同學、須藤同學、山內同學……」

她扳手指數了數，並且念出名字。

「剛才的成員是……不，雖然的確算是朋友。但該怎麼說呢？我跟他們的關係似乎沒有達到那種程度。我覺得自己還是被排除在外。從妳的角度看來，我們感覺很要好嗎？」

佐倉毫不猶豫地點頭。如果佐倉這麼說，那或許就真是如此了吧。

因為人無法看清楚自己的模樣。

「我完全不知道交朋友的方法……所以覺得很羨慕。而且像這樣被綾小路同學說是朋友，也是我第一次的經驗。」

「櫛田呢？最早向妳攀談的不是她嗎？」

佐倉看起來很不好意思，並且自嘲似的笑了。

「是的。我改天也也必須向櫛田同學道歉。明明來找我說話、最先邀約我的都是櫛田同學，但是我卻沒有勇氣……我其實很想跟她在一起。可是怎麼樣也無法做出答覆。我真是沒出息。」

要是每個人都能輕易應對他人，就不用這麼辛苦了。

雖然堀北很瞧不起池和山內，不過我再次深深感受到，能夠自然地與陌生人接觸，真的是一件很厲害的事情。

這也是個很了不起的才能。

「關於明天的事情，我能給妳一個建議嗎？」

我不打算說出「加油」這種激勵她的話。

我認為佐倉只要能夠去面對明天就可以了。

「為了須藤、為了櫛田、為了班上的同學——妳把這樣的想法全部都丟掉吧。」

「咦……？全部……都丟掉？」

「明天出席做證，是為了說出目擊事件真相的『自己』。」

能夠重視自己的人，只要將重視他人擺在第二順位就好。然而，佐倉卻還沒辦法好好珍視自己。

她有種獨自背負痛楚、悲傷、痛苦的傾向。

沒有獲得幸福的話，就不可能為別人帶來幸福。

「為了自己而說出真相。然後這個結果，將能拯救須藤。這樣子就夠了。」

我不清楚會有多少效果。
這種建議說不定幾乎沒有意義。
不過，有誰能夠為了自己而上前關心——這個過程一定是有價值的吧。
因為我自己就曾經渴望得不得了。
而且，因為我也渴望有人能了解我一直以來孤軍奮戰的辛酸、痛苦。
「……謝謝你，綾小路同學。」
佐倉的心中，一定多少會有些共鳴吧。

6

當晚，在櫛田的號令之下，須藤之外的成員們都集合到我的房間。
櫛田雖然也有邀請堀北，但結果她沒有參加。
「有什麼進展嗎，小櫛田？」
「要說進展，確實也是進展。我發現了驚人的事實。綾小路同學，你可以借我電腦嗎？」
我點頭說好，櫛田就開啟了宿舍設置的桌上型電腦，並連接網路。

「鏘~請看這個！」

櫛田連結的網頁似乎是誰的部落格。連樣式都下了功夫，與其說是個人製作，不如說是業者經手過的那種正式網頁。

「咦，這張照片不是雫嗎？」

「雫？」

「她是平面寫真偶像啦。不久前還在少年雜誌上出現過呢。」

部落格上放了幾張感覺像是她自己上傳的照片。真不愧是平面寫真偶像，她無論長相、身材都無可挑剔。

「你們不覺得這女孩很眼熟嗎？」

「要說眼熟，她不就是雫嗎？」

「你仔細看。」

櫛田特寫了偶像雫的臉龐。池目不轉睛看完之後……

「……好可愛。」

「不是啦！這不就是佐倉同學嗎？」

「小櫛田，妳說誰是誰呀？」

「這是跟我們同班的佐倉同學。」

「咦……？不不，佐倉是……不不不，這不可能吧。」

池笑道。另一方面，池正側方的山內，表情卻逐漸僵硬起來。

「欸，池……我冷靜一看，那個……或許她真的有點像佐倉耶……」

「可是她沒有戴眼鏡呀？而且髮型也不一樣。」

「這種記憶方式實在是太單細胞了吧……」

雖然乍看上去我並沒聯想到，但她無疑就是佐倉。

池似乎還沒辦法將兩者聯想起來，便跟著我們來回走動、看著畫面。

「那個佐倉就是雫……這是騙人的吧。雖然氣質有點像，但她們是不一樣的人啦。因為雫感覺可是非常開朗耶！對吧，綾小路。」

上傳的照片不論哪張都拍得很可愛。看得出來她很習慣自拍。

不過，我卻發現了能夠佐證佐倉與偶像雫就是同一個人的證據。

「不，就像櫛田所說的，她就是佐倉沒錯。看這裡。」

我指著上傳上去的其中一張照片。

「雖然只有一點點，但這有拍到宿舍房間的門。」

「就和這棟宿舍的門是一樣的呢。」

換句話說，這張照片有很高的機率是在宿舍房間裡拍攝的。

「那麼，佐倉果然就是雫啊……我的腦筋還無法完全轉過來。」

「真虧妳能發現啊，櫛田。」

經她這麼一說，雖然我是有發現她們的氣質相同，不過沒有提示的話也無法知道。

「我是看見池同學他們在看週刊雜誌才想起來的呢。因為我隱約覺得自己好像有在哪裡見過佐倉同學。」

「我們班居然會有平面寫真偶像！真是令人興奮！」

池無法壓抑心中興奮，因此情緒超級激動高昂。我認為聽著這一切的櫛田，一定非常傻眼吧。但櫛田太溫柔，應該不會讓他感覺到吧。

「不過我記得雫開始走紅之後，就突然消失蹤影了耶。」

佐倉作為偶像進行活動，另一方面，在學校則是不起眼的安靜學生。

造成她生活得像是硬幣正反面般截然不同的原因，究竟是什麼呢？

時間已經將近晚上九點，實在是時候該解散了。於是我便目送大家到玄關。

「櫛田，我有些話想對妳說，妳可以留下來嗎？」

「嗯？有話想說？好呀。」

「喂！綾小路！你打算說怎樣的事情啊！該不會是！」

「不可能不可能。」我用手予以否定如此說道。同時也告訴池，我只是要說佐倉的事情，不過講了他卻不相信，並且把臉靠來我耳邊低語。你不要這麼懷疑我嘛……

「這是真的吧？你要是告白的話，我可不會原諒你喔！」

我怎麼可能告白啊……而且說到底，即使我向她告白，也一定會被她一秒拒絕。

「真的啦。你要是這麼在意就在走廊等吧。我很快就會說完。」

「我等著。」池這麼回答，好像決定要守候櫛田，威風凜凜地佇立在門前。

我暫且將男生們叫出去之後，就把今天與佐倉發生的互動告訴櫛田。

「這樣呀，佐倉竟然會——」

「剛才知道那傢伙在當偶像時，我雖然很驚訝，但另一方面也稍微理解了。我在想，她真正的面貌是不是在另一邊。」

我避免直接表達出來，可是我認為佐倉和櫛田都同樣是擁有雙面性格的學生。

然而，櫛田聽了一連串過程，卻說出完全不一樣的結論。

「佐倉同學……在當偶像時的面貌，大概是假的吧。嗯——用『假的』來表達或許有點不對。我覺得她是藉由替自己的臉化妝，製造出另一種人格呢。」

「化妝……換句話說，就是戴著面具嗎？」

「嗯。佐倉同學應該是藉由自我催眠，才能在別人面前擺出笑容吧。」

不知為何，交給櫛田講起來就格外有說服力。

我隱約覺得如果是在這個時間點，似乎可以問出櫛田上次在電話裡講到一半的那件事。

「上次電話裡，妳原本打算跟我說什麼啊？」

櫛田的肩膀忽然輕輕震了一下。代表她無須回想，也記得這件事。

「下次再說吧。現在解決事件才是最優先的。因為那是我私人的請求。」

「私人的請求？」

這句話雖然有點吸引人，不過櫛田會有什麼需要拜託我的事情嗎？

不是我在自誇，但不會有什麼東西是我有，而櫛田卻沒有的。無論是課業還是人望皆是如此。

「抱歉。用這種說法的話只會害你覺得很在意吧。」

櫛田苦笑，雙手合十道歉。

「那麼，我們就等須藤的事情順利解決之後再說，可以吧？」

「嗯，就這樣沒關係。」

她轉身背對我，接著緊握著玄關的門把。

但她在原地停下了動作，好一陣子一動也不動。

櫛田背對著我，我無法窺視她的表情。

「櫛田？」

她的樣子有點奇怪，於是我便叫了她。櫛田回過頭之後，就縮短了和我之間的距離。她接著踮起腳尖，浮起腳跟，然後將手貼在我的胸前，並將嘴巴朝著我的耳邊靠了過來。

「如果綾小路同學你願意傾聽我的請求——我就把我重要的東西給你。」

這是魔女的耳語。她身上散發著一股彷彿會一把抓住我的心臟般，既甘甜又危險的香味。

我無從判斷櫛田低語時的表情是滿面笑容，還是只是淺淺的笑著。

我唯一確切知道的，就是櫛田才不是什麼天使。

關於櫛田，我自認對其擁有著自己的答案。

人無論是誰都會有雙面性格。而櫛田應該只是在這部分比別人都還強烈。

然而，現在我眼前的櫛田，卻完全只讓我感受到不寒而慄。

她到底有何目的？抱著什麼想法行動？這名叫作櫛田桔梗的女孩子，真正的她究竟在哪裡？

——我完全無法看清這些事情。她的反差之大，甚至讓我想懷疑這是不是雙重人格。櫛田與我拉開距離後，就變回總是露出溫柔微笑的那個她。玄關的門一打開，焦急等待的池便向她搭話。而從回話的櫛田身上，也已經絲毫感受不到剛剛的氛圍。

7

大家回去後，我就坐到電腦前面，看著佐倉愛里……平面寫真偶像雫的部落格。我往回看了雫過去的部落格內容，她是約莫兩年前開始寫部落格的。

正好就是佐倉作為平面寫真偶像開始活動的時間點。上頭寫著今後的想法及抱負，看不出有什麼值得特別注意的地方。

作為參考，我也比較了其他偶像們的部落格，不過大致上都很類似。

國中二年級生初次出道演藝圈，會是怎麼樣的心情呢？

接下來的一年期間，她幾乎三百六十五天都持續更新著部落格，撰寫當天發生的事情，或者自己的感受。對於粉絲的留言，她看起來也都幾乎會徹底地回覆。

然而，自從入學這間學校，她確實就沒有再回覆留言了。

她有確實地嚴守著不能和外界連絡的規定。

雖說她不太常出現在公眾場合，但佐倉的人氣似乎比我想像得還高。

推特的追蹤人數也超過了五千人。

上面多半充滿像是希望她趕快回到雜誌平面上的意見，抑或是詢問她有沒有上電視的安排等留言。

在這之中，我的目光不禁被大約三個月前的某則留言給吸引住。

『妳相信命運這句話嗎？我相信喔。從今以後，我們要永遠在一起。』

如果只是這樣，那也不過是粉絲的過度妄想。

然而，對方每天都會像這樣留言，而且還逐漸地變本加厲。

『我一直都覺得我們很貼近。』

『今天妳又更可愛了呢。』

『妳有發現我們對上眼神了嗎？我有發現喔。』

上面羅列著本人看了似乎就會感到恐懼的文字。

對方這些留言，簡直就像是想說自己就在雫的身邊。這只是妄想嗎？

在這所封閉的學校之中，能夠與佐倉接觸的人非常有限。

學生、教師……或者，進出學校的業者相關人員。

這必然會使我聯想到家電量販店的那個男人。

接著，我找到上星期天的留言。簡直令人毛骨悚然。我確信這件事情了。

『妳看，神果然是存在的。』

雖然這是我擅自的想像，但佐倉入學之後就為了購買數位相機而前往量販店。身為名人的

她，當然也有像上次那樣變裝吧。可是，對粉絲而言這種變裝並沒有意義。那名店員察覺了佐倉的真實身分。

不過，這個階段他們當然幾乎沒有交集。但佐倉卻遭遇數位相機故障的意外。對於喜歡相機的她而言，是無法捨棄數位相機的。就算這樣，在D班這種狀況下，她也幾乎不可能重新買台新相機。可是只要送修就必然有可能會撞見那名店員。

因此那天，她一開始才會對送修感到猶豫。因為在櫃台的就是那名店員。另一方面，店員應該很興奮才對。因為藉由登記必要事項，這是個可能得知自己最喜歡的偶像的本名，甚至是電話號碼的機會。

這件事情和那天晚上佐倉打來給我，並向我提出彷彿有弦外之音的疑問也有所關聯。

只要這麼想一切就很合理了。

我從眾多的留言當中，尋找感覺是那傢伙所寫的後續文章。

『無視我豈不是太過分了嗎？還是說，妳沒有發現呢？』

『妳現在在做什麼？好想見妳好想見妳好想見妳。』

危險的留言一個個出現。當然，看著這些留言的其他粉絲，應該只會單純覺得很噁心吧。但佐倉應該就不同了。

她應該覺得這份超乎想像的恐懼感就近在咫尺，因此很畏懼吧。

不過佐倉卻在我們面前隱瞞這件事，並且作為目擊者而打算拚命與學校、C班戰鬥。她明明就很害怕這個男人的存在，甚至連出宿舍都很猶豫。

因為既然同樣身處學校用地，即使發生什麼也不奇怪。

可是，現在這個瞬間卻幾乎不存在著什麼能夠解決問題的辦法。

沒有那種一兩天內就能解決跟蹤狂問題的策略。

結果，除了等她自己發出求救信號之外，似乎就沒有能夠採取的手段了。

高度育成高級中學學生基本資料　時間7/1

姓名	須藤健 Sudou Ken
班級	一年D班
學號	S01T004672
社團	籃球社
生日	10月5日

評價

學力	E
智力	E
判斷力	D+
體育能力	A
團隊合作能力	D

面試官的評語

學力、生活態度皆有諸多問題，並在入學考試結果中，寫下全學年最低分的紀錄，為本校創立以來最糟糕的成績。除了分發至D班，沒有其他商討的餘地。只不過他在運動方面，特別是籃球上的本領，從國中階段就被評價為高中生水準。對於本年度開始在運動領域上投注更多心力的本校而言，這名學生今後的發展也能說是相當值得期待。特別期盼他在精神層面能夠有所成長。

導師紀錄

收到與其他學生間發生糾紛的多起報告。我打算繼續觀察。

今天是決定命運的一天。最重要的，我還是先確認了佐倉有無到校。

踏進教室後，展現在我眼前的便是一如往常的光景。佐倉摻雜在各色學生們的對話之中，獨自靜靜坐在位子上。

雖然她的表情比平常還更加陰沉，但總而言之，看來她還是來到了學校。

「沒事嗎？」

「啊，嗯……我沒事。」

佐倉似乎很緊張。雖然有點不沉著，但看起來算是冷靜。

「我想即使是像我這種人，要是今天請了假，事情就糟糕了……」

正因為明白請假會讓整個班級都很困擾，她才會在煎熬之中做出到校的決定。應該就是這麼回事吧。

看來要她別去顧慮須藤他們，再怎麼說也是件沒辦法的事情。

「別忘記我昨天說過的話喔。最重要的是妳得為了自己而出面作證。」

「……嗯。我沒事。」

池和山內他們對佐倉投以好奇的眼光。

當然，這毫無疑問是因為他們知道佐倉的真面目是偶像。即使近期內放著不管，佐倉恐怕也會敏感地察覺到池他們發現了自己的真面目。

不對——佐倉淺淺地笑著，微微張嘴說出「沒關係」。

佐倉已經發現我們知道她是偶像的事情了。

或許這是來自當偶像時的經驗，因此她才會敏感地察覺到難以言喻的細微變化。

1

在宣告放學的鐘聲響起同時，我和堀北從位子上站了起來。

「你做好心理準備了嗎，須藤同學？」

「嗯……做好了。我打從一開始就做好準備了。」

須藤似乎是在集中意志。他閉著眼，雙手抱胸，並且一動也不動。接著緩緩睜開雙眼。

「雖然被妳狠狠地瞧不起了一番，但我就是我。想說的話，我都會清楚說出來。」

「隨你便。反正即使我在這裡阻止你，你也沒乖到會聽我的話吧？」

「哼，妳這女人總是一副自以為是。」

雖然這樣看起來，他們的關係感覺非常差，但至少須藤並不討厭堀北。

若不是這樣，即使會讓局勢變得有利，他應該也絕對會拒絕與堀北同席。

「加油喲，堀北同學、須藤同學。」

堀北不回應。須藤則簡單擺出勝利姿勢來回應她。

「沒問題吧，佐倉？」

我和就這樣坐在椅子上僵硬不動的佐倉搭話。她微微顫抖雙唇，接著站了起來。

「嗯……沒問題。謝謝……」

佐倉的緊張程度比我想像中還來得嚴重。會議明明還沒開始，在這種心理狀態之下，她說不定連好好說話都沒辦法。

「走吧。要是遲到的話，觀感會很差呢。」

談話將於四點開始舉行。

時間已經來到了三點五十分。確實不能拖拖拉拉了。

我們四個人往教師辦公室移動，結果看見一名老師揮著手迎接我們。

「哈囉～D班的各位你們好～」

爽朗向我們搭話的人，是B班的班導星之宮老師。

「聽說事情好像鬧得很大呢。」

老師事不關己般（雖然實際上確實如此），並且開心似的雙眼閃閃發亮。

「妳又再幹什麼了？」

「哎呀，已經被發現了嗎？」

茶柱老師一邊瞪著她，一邊從教師辦公室裡走出來。

「因為妳會偷偷摸摸溜出去，大多是心裡有愧於我的時候。」

「穿幫了呀？」星之宮老師可愛地眨眨眼且如此說道。

「我不能也一起參加嗎？」

「當然不行啊。就如同妳所知道的那樣，旁人無法參加。」

「真可惜。算了，反正只要過一小時，結果就會出爐了吧。」

茶柱老師把星之宮老師強行推入教師辦公室。

「那麼我們走吧。」

「所以並不是在教師辦公室裡舉行呢。」

「當然。這所學校有著複雜的特殊規範，但像這回案例，則將在問題班級的班導，以及事件當事人，還有學生會之間作了結。」

堀北在聽見學生會這個單字的瞬間停下腳步。茶柱老師稍微回過頭，以銳利的眼神窺視堀北的臉龐。

「想放棄的話就趁現在吧，堀北。」

須藤不知道內情，因此頭上浮現一個問號。

這個老師每次、每次都會在最後關頭才告訴我們各種重大事情。

「……我會去的。沒問題。」

堀北瞥了我一眼，意思應該是「別做多餘的擔心」吧。

我們從教師辦公室所在的一樓，往上爬了三層樓梯，而那間辦公室就在四樓。

教室的門口插著一張「學生會辦公室」的標牌。

茶柱老師敲了敲學生會辦公室的門，隨後邁步走了進去。堀北雖然有點退縮，卻還是立刻跟著老師進去。

學生會辦公室中放置著長桌，並排成了一圈長方形。

C班的三名學生已經抵達辦公室，坐在座位上。

他們旁邊也坐著一名戴著眼鏡，年紀看起來落在三十歲後半段的男性老師。

「我們來晚了。」

「現在還沒到預定時間，別介意。」

「你們見過嗎？」

我和堀北、須藤，全都不認識這名老師。

「他是C班的班導，坂上老師。接著——」

老師將我們的目光集中到坐在辦公室最裡面的一名男學生。

「他是這間學校的學生會長。」

堀北的哥哥看也沒看自己的妹妹一眼，就這樣閱覽著放在桌上的文件。

她一時之間把目光投向哥哥，但了解到不受理睬後便低下了視線，在C班學生面前坐下。

「那麼關於上次發生的暴力事件，接下來我們將開始舉行學生會與事件關係者，以及班級導師之間的交互詰問。會議進行將由我——學生會書記橘來擔任。」

留著一頭短髮的女性——橘書記如此說完，便簡單點頭示意。

「沒想到學生會長居然會特地前來這種規模的糾紛。還真是稀奇啊。明明平常多半只有橘會過來。」

「由於平時事務繁忙，有些議題雖然我並無參與，但原則上我到場會較為理想。再說校方也向我託付了學生會事務的職責。」

「也就是說，這只不過是個偶然嗎？」

茶柱老師露出意有所指的笑容，但堀北的哥哥毫不動搖。

反之，堀北……身為妹妹的這個堀北，就算了解狀況，看起來依然藏不住內心的動搖。局勢似乎完全不會因為他們是兄妹而變得有利。倒不如說，堀北這種無法發揮平時潛能的狀況，實在非常不利。

這無論對我還是堀北來說，都無疑是個意料之外的局面。只要在校園裡生活，就算不喜歡，也還是會聽見眼前這名學生會長的事蹟。而這當然是因為他屬於A班，而且一入學就擔任學生會的書記。接著還在一年級那年的十二月，於學生會選舉中獲得壓倒性支持，因而就任學生會長。高年級學生想必也有傳出不滿的聲音，不過這也全都被他給擺平了。這種現況便說明了他的實力。

橘書記向雙方淺顯易懂地解釋事件概要。雖然事到如今也不必說明了。

「——根據上述原委，我們希望能夠查明哪一方的主張才是真相。」

結束說明的橘書記，一說完開場白之後，就看向了我們D班。

「籃球社的小宮同學他們兩人主張自己是被須藤同學你叫到特別教學大樓，並在那裡單方面遭受你的挑釁、毆打。請問這是真的嗎？」

「那些傢伙說的是騙人的。被叫去特別教學大樓的人是我啦。」

須藤刻不容緩地否定。

「那麼須藤同學，你能說出事實嗎？」

「我那天結束社團活動的訓練後，就被小宮跟近藤叫去特別教學大樓。雖然覺得很麻煩，但我對那些傢伙平時的態度就很火大，所以才會過去赴約。」

對於須藤口無遮攔的說話態度，如果是在一般情況下，堀北會非常傻眼。然而她不曉得是有在聽，還是沒在聽，完全一動也不動。C班班導圓睜雙眼。

「這是謊言。我們是被須藤叫出來，因此才會去特別教學大樓。」

「別鬧了，小宮。明明就是你把我叫出來的吧！」

「我可不記得。」

須藤由於太過焦躁，而忍不住出手敲桌。寂靜瞬間降臨。

「須藤同學，請你稍微冷靜下來。因為我們現在只是在聽雙方的說法。小宮同學，也請你自制中途插嘴的行為。」

「哼，我知道啦……」

「雙方都主張自己被對方叫出來，因此說法並不一致。不過似乎也有共通點呢。須藤同學與小宮同學、近藤同學之間有發生過爭執，對吧？」

「與其說是爭執，不如說是須藤同學總是來找我們麻煩。」

「找麻煩是指？」

「他比我們都還會打籃球，所以都會過來跟我們炫耀。雖然我們也不服輸地拚命做訓練，但

他卻瞧不起我們的這份努力。我們覺得很不開心，因此在這方面經常發生衝突。」

雖然我不清楚社團活動中的詳情，不過看了須藤氣得臉爆青筋，就知道對方明顯混入了編造的謊言。橘書記隨後也向須藤問話。

「小宮說的話沒半句是真的。那些傢伙在嫉妒我的才能啦。我默默在訓練的時候，他們也一天到晚來妨礙我。事情就是這樣。」

當然，無論哪一方的意見都彼此不相符。他們只主張是對方的錯。

「雙方說詞不符，那麼這樣下去，就不得不以現有證據來做判斷了呢。」

「我們被須藤同學打得七零八落。而且還是單方面地被毆打。」

看來C班果然打算將受傷這件事帶到談判的中心。

三人的臉上都有著感覺是被毆打而出現的淤青。這部分是無庸置疑的事實。

「這也是騙人的！是你們先來動手的。我是正當防衛啦！」

「喂，堀北。」

我呼喚低頭靜止不動並且無法做出發言的堀北。老實說這種情況非常糟糕。我們現在應該要阻止失控的須藤。不趕緊採取行動的話就太遲了。

可是，她卻沒有表現出反應，彷彿心不在焉。真沒想到堀北哥哥的存在，會對堀北造成這種程度的影響。我的腦中閃過之前他們在宿舍後方說話時的情景。雖然我不了解詳情，不過我覺得追著優秀的哥哥，並且還來到跟哥哥同所學校的堀北，應該很希望自己的實力能夠獲得哥哥的肯定。

然而，被分發至D班的妹妹，她的這份實力以及想法，與身處A班並任職學生會長的哥哥還是距離非常遙遠。堀北的想法並沒有傳達過去。

她為了證明自己的實力，不得不進入同一個戰場。

「如果D班沒有新的證詞，那就要這樣繼續進行下去了。請問可以嗎？」

要是就這樣維持沉默，不管是學生會還是老師們，想必就會做出無情的裁決吧。

為了不讓事情變成這樣，堀北必須振作精神。

可是最關鍵的堀北，卻在哥哥面前畏縮且縮著身子。

「看來好像也沒有爭辯的必要。」

貫徹沉默的學生會長在此初次開口。

堀北的哥哥似乎已經打算做出結論。

「無論是哪一方把對方叫出來，就算從傷口的情況看來，須藤單方面毆打對方的事實也很明顯。應該也只能以這點作為基準，來得出答案了吧。」

「等、等等啊！這種事情我不接受！這只是因為那些傢伙都是小嘍囉啊！」

對於須藤為了辯白而說出的這句話，我看見坂上老師一瞬間露出了微笑。

「面對有著實力差距的對手，你還主張是正當防衛？」

「什——什麼嘛，對方可是有三個人耶，三個人。」

「不過，實際上受傷的卻只有C班的學生。」

這樣下去就真的糟了。我抱著之後會被殺掉的覺悟，緩緩從摺疊椅上站起，並走到堀北身後。接著，我狠下心把手伸向她兩邊的側腹，並且一把抓住。

「呀！」

堀北發出了很女孩子的叫聲，這平時絕對無法聽見。

不過現在並不是該對這種事情感到稀奇的時候。我想既然她還沒恢復正常，於是——就更是加強了按在她側腹上的手指力道，並且就像是搔癢般地移動著手指。

「等……做什……住……住手！」

不管她的內心有多麼動搖，狀態有多麼恍惚，只要給予身體強烈的刺激，即使不願意她也會恢復清醒。雖然老師們好像一臉錯愕，可是這種時候已經不能在意面子了。我在認為已經夠了的時間點，把雙手移開。

即使堀北看起來就快哭出來，但還是狠狠地往上瞪著我。

雖然手段很強硬，不過這樣應該能當作堀北已經回到平時的她了吧。

「堀北，振作點。妳要是不迎戰，這樣下去我們就要輸了。」

「唔……」

堀北似乎終於理解情勢，並依序看了C班學生、老師，以及哥哥一眼。

接著意識到我們現在身處的這個窮途末路的危機。

「……失禮了。請問能不能讓我問一個問題呢？」

「請問可以嗎，會長？」

「我允許。不過，請妳下次早點答話。」

堀北慢慢拉開椅子，然後站了起來。

「剛才你們說自己被須藤同學叫去特別教學大樓。請問須藤同學究竟是跟誰說，而且是用什麼理由把你們叫出來的呢？」

「事到如今為什麼要問這種問題？」小宮他們如此說完，便彼此互看。

「請你們回答。」

堀北添上這一句話追問。橘書記也對此表示同意。

「我不知道他叫我和近藤出去的理由。只不過，當我們結束社團活動正在換衣服時，他就過來對我們說『等一下過來見個面』……應該也只有像是看我們不順眼的這種理由吧。請問這又怎麼了嗎？」

「那麼，請問為什麼石崎同學也在特別教學大樓呢？他又不是籃球社社員，照理說與他無

關。我認為他在場很不自然。」

「這是……為了以防萬一。因為有傳言說須藤同學很暴力，他的體格又比我們還壯。請問這樣不行嗎？」

「換句話說，你的意思是感覺自己說不定會被對方施暴？」

「是的。」

C班學生對答流暢，簡直像是料到會被問到這種問題。

針對這場會議，C班他們自己也確實思考了對策。

「原來如此。於是你們才會把國中時期擅長打架的石崎同學帶去當保鑣呢。為了能在緊急時刻對抗須藤。」

「這只是為了要保護自身安全。再說，我們也不曉得石崎同學以擅長打架出名。我們只是因為他是個值得依靠的朋友，所以才會帶他過去。」

堀北似乎也做了各式各樣的個人模擬練習，因此冷靜地聆聽著。

她隨即使出下一個招式。

「即使不多，但我也略有習武的經驗。正因如此，我知道當我們在面對兩人以上的敵人時，戰鬥難度將以倍數成長。你們有熟習打架的石崎同學陪同，因此我無法接受你們單方面遭受毆打一事。」

「這是因為我們沒有意思要打架。」

「客觀看來，發生打架的主要因素是自己與對手的『能量』互相碰撞，並且彼此越過對峙的那段距離。這時候，情況才會發展成打架。在對手沒有戰鬥意志，或者不做抵抗的情況下，照理說，你們三個人會傷到這種程度的機率非常低。」

堀北的想法都是依據規則，並且有所根據的。這確實是個客觀意見。

對此，小宮他們則以實際的證據作為武器來交戰。

「代表這種一般想法不適用於須藤同學。他非常暴力，還把我們不作抵抗視為好事，毫不留情地前來施暴。而這個，就代表著這件事。」

他撕下貼在臉頰上的紗布，露出破皮的傷口。

無論堀北再怎麼巧妙堆積道理，這傷口作為證據也太有說服力了。

「D班主張就到此結束了嗎？」

堀北的哥哥默默聽著堀北的論述，接著說出一句冷淡的話。

他的眼神彷彿訴說著——如果是這種程度的發言，那妳不如一開始就不要說還比較好。

「……須藤同學打傷對方是事實，可是先動手打人的是C班。作為這件事的證據，也有學生從頭到尾目擊了一切。」

「那麼，請將D班所報告的目擊者帶入辦公室裡。」

佐倉踏入學生會辦公室，看起來很不安，而且也很不冷靜。視線盯著腳邊，有點讓人擔心。

「她是一年D班的佐倉愛里同學。」

「我才在想有目擊者是怎麼回事，原來是D班的學生啊。」

身為C班班導的坂上擦拭著眼鏡，不禁發笑出來。

「坂上老師，請問您有什麼問題嗎？」

「沒有沒有，請繼續進行。」

坂上老師與茶柱老師彼此互看了一眼。

「那麼能不能麻煩妳說出證詞呢，佐倉同學？」

「好、好的……那個，我……」

她的話停下來了。

接著，時間在寂靜中流逝。

十秒、二十秒過去。佐倉的臉越來越低，臉色變得很差，逐漸發白。

「佐倉同學……」

堀北也忍不住呼喚佐倉。可是她如同剛才的堀北，聽不進別人的聲音。

「看來她好像不是目擊者呢。再這樣下去只是浪費時間。」

「您在急什麼呢，坂上老師？」

「我當然著急。像這種無意義的事情，可是正在讓我的學生痛苦喔！他們是班上的開心果，而且很在意自己讓許多夥伴們擔心。再說，他們對籃球也是一心一意地刻苦練習。這段珍貴的時間卻正在受人剝奪。身為班級導師，我當然不想視而不見呢。」

「也是呢。或許真是如此。」

我才在想茶柱老師當然會站在D班這一方。但好像並非如此。

她聽了坂上老師的說詞，便同意似的點了點頭。

「這樣下去應該也確實只能視為是浪費時間了。妳可以退下了，佐倉。」

茶柱老師彷彿失去興趣般吩咐佐倉離開。

學生會的人好像也希望別耽擱時間，因此沒有阻止。

學生會辦公室之中已經充斥著D班敗北的氛圍。

佐倉彷彿在懊悔自己的懦弱般，忍不住緊緊閉上雙眼。

我和須藤以及堀北，都覺得佐倉已經沒辦法了，準備要放棄。

而就在這個時候，學生會辦公室大聲響徹了意想不到的聲音。

「我確實看見了……！」

我想大家必須花上幾秒，才能認出這是佐倉的聲音。

因為她奮力擠出的這句話，就是有著足以讓人如此意外的音量。

「是C班學生先動手打須藤同學的！這並沒有錯！」

或許是佐倉起先給人的印象與現在差距很大，因此使她說出的話非常有分量。

這種分量會讓人覺得——既然她都這麼拚命說了，那這應該就是真的。

然而，這效果就宛如只會在短期間內發揮作用的那種魔法。

只要冷靜對應的話，沒有這麼難看穿。

「不好意思，請問能否讓我發言呢？」

迅速舉起手的人，是坂上老師。

「我了解老師應該要盡量避免插嘴，但我覺得這狀況學生實在太可憐了。學生會長，可以嗎？」

「我允許。」

「妳是佐倉同學對吧？我不是在懷疑妳，不過我還是要問妳一個問題。作為目擊證人，妳好像很晚才站出來。這是為什麼呢？假如妳真的有看見，就應該更早站出來。」

坂上老師和茶柱老師同樣都在這點上面做了追問。

「這是——那個……因為我不想被牽扯進來……」

「為什麼說不想被牽扯進來？」

「……因為，我不擅長跟人說話……」

「原來如此，我明白了。那麼我再問一個問題。不擅長跟人說話的妳，上個星期結束，就站出來當目擊者，這樣不是很不自然嗎？看起來只會像是D班串通口徑，來讓妳說出假的目擊證詞。」

C班的學生們配合著這句話，說出了：「我們也這麼認為。」

「怎麼會……我只是把真相給……」

「不論妳再怎麼不擅長說話，我也不認為妳是抱著自信作證。妳會這樣，不就是因為說謊而受到罪惡感苛責嗎？」

「不、不是的……」

「我並不是在責備妳喔。妳恐怕是為了班級、為了拯救須藤同學，才會被迫撒謊吧？假如妳現在老實坦白，應該就不會受到懲罰了吧。」

死纏爛打的心理攻擊接連襲擊佐倉。堀北實在無法坐視不管，於是舉起了手。

「不是這樣的。佐倉同學確實不是一個擅長說話的人。可是，就因為她真的是目擊事件的學生，她才願意像這樣站在這裡。若非如此，即使我們拜託她，她也不知道會不會出面。只要能夠威風凜凜發言就好的話，那麼您難道不認為我們也可以找其他人物替代嗎？」

「我不這麼認為呢。D班也有優秀的學生。比如堀北同學妳這種人。妳是想藉由佐倉同學這種人物，來讓『她就是真正的目擊者』一事具有真實感，不是嗎？」

坂上老師恐怕不是認真這麼想的吧。他只是確信不管什麼事情，只要找個理由頂回來，就能封住我們的行動。

就如同我當初所感覺到的，D班目擊者的這個存在，無論如何都欠缺威信力。

無論再怎麼陳述事實，對方都會說我們是在袒護自己人、是在說謊。

這代表我們自己人的證詞，不會被人當作一回事並被接受。

已經無計可施了嗎……坂上老師無畏地露出微笑，接著打算坐下來——

「證據的話……我有！」

這時坂上老師聽見佐倉的申訴，腰懸在半空中。

「別再逞強了。如果真的有證據，就要在更早的時候——」

碰！——佐倉把手掌拍到桌面上。

看得出來上面放著許多如長方形小紙片般的東西。

「這是……？」

出現言語之外的證物。坂上老師的表情因而初次變得僵硬。

「這是當天我身處特別教學大樓的證據……！」

橘書記走到佐倉身旁，簡單打聲招呼後，便把手伸向那些紙片。

不對，我以為是紙的那些東西，其實是好幾張照片。

「……會長。」

橘書記看完照片，接著把它們提交給學生會長。堀北的哥哥看了一會兒照片，便將它們排在桌上，讓我們也可以看見。這些照片上面的人物露出了非常可愛的表情，與現在的佐倉完全不像。這是偶像雫。

「我那天……為了自拍，而找了沒有人煙的地方。照片上面也印有拍攝日期作為證據！」

日期確實是上上星期五的傍晚，那是須藤他們結束社團活動的那段時間。我和堀北面對初次見到的真實證據，都不由得屏住了呼吸。

迄今都一直假裝自己只是被害者的三名C班學生，態度也開始出現變化。

明顯看得出來內心相當動搖。

「這是用什麼拍攝的呢？」

「數位……相機……」

「我記得數位相機應該能輕易變更日期。只要在電腦上操縱日期再列印出來，就能重現事件當時的那段時間。作為證據，這說服力並不充足。」

「不過，坂上老師。我認為這張照片就不一樣了喔。」

堀北的哥哥把一張疊在下方看不見的照片滑出了出來。

「這、這是……！」

恰巧在最佳時機下捕捉到打架騷動的照片，就在這裡。

染上暮色的校舍以及走廊。這張照片看起來是須藤剛揍完石崎的現場。

「這樣……我想大家應該就會相信我有在場。」

「謝謝妳，佐倉同學。」

對於這張照片的登場，堀北應該打從心底覺得自己獲得了救贖。

這麼一來，就能逃脫這壓倒性的不利局面……

「原來如此。看來妳真的有在現場。這點我也只能老實承認。可是，這張照片無法得知哪一方先動手。而且這也無法成為妳有從頭看到尾的確鑿證據。」

這確實是打架已經結束後的時間點。

無法說是能夠解決糾紛的關鍵證據。

「……茶柱老師，怎麼樣呢？要不要在此尋求折衷方案呢？」

「折衷方案嗎？」

「我有把握須藤同學這次做了偽證。」

「你這傢伙——！」

須藤準備撲上去，腰也已騰在半空中，我抓住他的手臂制止了他。

「這場討論不管持續到何時，想必都會是兩條平行線。我們不會改變證詞，而你們那方也

與目擊者串供並且不放棄掙扎。換句話說，我們都不停地在一來一往說是對方撒謊。這張照片要作為決定性證據，說服力也很薄弱……因此，以下是折衷方案。我認為我對C班學生多少也有責任。由於我方有三個人，而且有一個人似乎有著慣於打架的過去，這點也有問題。所以，給須藤同學停學兩週，而C班的學生們則處以停學一週的處分，這樣如何？懲罰的輕重差別，則取決於有無傷及對方。」

堀北的哥哥默默地聽著坂上老師的發言。

這也能說是C班同意做出一半的讓步。

要是沒有佐倉的證言及證據，須藤恐怕會受到一個月以上的停學。

懲罰若能低於一半，那也能說是相當大的讓步。

「別鬧了！喂！開什麼玩笑！」

「茶柱老師，您怎麼認為呢？」

坂上老師完全不理會須藤，繼續進行話題。

「看來已經得出結論了吧。我沒有理由拒絕坂上老師您的提議。」

以折衷方案來說，這內容確實無可挑剔。堀北抬頭看了天花板一眼，似乎冷靜地認清事情只能到此為止。再怎麼抵抗、掙扎，只要證據沒有百分之百的證明力，就無法獲判無罪。堀北一開始就很清楚這點，並且判斷這就是折衷方案了。我認為作為D班的學生，堀北真的很了不起。

——然而，作為以A班為目標的學生，她若打算在這裡放棄的話，就不及格了。

我原本打算到最後都不作發言，但我現在決定要幫點小忙。

就把它說成是我對佐倉展現勇氣所表示的敬意吧。

「堀北，真的已經沒有辦法了嗎？」

「…………」

她沒有回話。不，她好像是連能回應的話都沒有。

「我腦袋不好，完全想不出半個解決方案。豈止如此，我還認為應該要接受坂上老師提出的折衷方案。」

「是吧？」坂上老師如此說道，接著淺淺一笑，推了推眼鏡。

「我們根本就不可能有什麼證據能夠佐證須藤無罪。不對，因為這完全不存在。假如這是發生在教室或者便利商店裡的話，就會有更多學生看見，也說不定就會有確鑿的證據。根本就沒有紀錄能夠證明佐倉有完整看見。假如是在沒有人煙，也沒有設備的特別教學大樓，這也莫可奈何。」

「唉——」我嘆了口氣並左右搖頭。

堀北往我這裡看來。我直視她的雙眼，接著如此總結。

「經過談話，妳也懂了吧。無論再怎麼申訴C班也不會承認這是謊言。而須藤也不會承認說

謊。這種事不管再怎麼進行都會是兩條平行線。我甚至覺得要是一開始沒進行談話就好。妳不這麼認為嗎？」

堀北將視線往下移，然後低下了頭。堀北會怎麼解讀我所說的話呢？

假如她只按照字面上理解，那一切就到此為止了。這樣也好。

「已經夠了吧？那麼代表D班的堀北同學，請妳說出妳的意見。」

坂上老師照字面去理解我的話了。換句話說，他把它視為戰敗宣言。從C班立場看來，只要別讓須藤獲判無罪，那他們就贏了。他臉上浮出勝負已分的從容表情。

「我知道了……」

堀北如此回答，接著慢慢抬起頭。

「堀北！」

須藤喊道。這是個比起誰都還不願意承認，甚至無法承認敗北的男人所發出的怒吼。

然而，堀北卻沒有停下來，並且說出自己下的結論。

「我認為引起這次事件的須藤同學有著很大的問題。如果要說為什麼，那是因為他完全沒有去思考自己平時的行為，以及對周遭所造成的困擾。他有著一天到晚打架的經歷，而且也有著只要有什麼不滿就馬上大吼，並訴諸暴力的性格。這種人要是引起了騷動，最後會變成這樣也很顯而易見。」

「妳、妳這傢伙……！」

「請你理解，你的這種態度，就是引起這一切的元凶。」

堀北就像是要蓋過須藤的氣勢般，以更強的氣魄瞪著須藤。

「因此，我從最開始就對拯救須藤同學的事情很消極。我很清楚即使勉強伸出援手，他之後也還是會毫不在乎地重複這種事情。」

「難為妳老實回答了。那麼事情似乎解決了呢。」

「謝謝妳。請就座。」

橘書記催促著堀北。寂靜瞬間降臨。須藤則發出明顯很焦躁的呻吟。

然而，即使我們等了五秒，十秒，堀北也沒有坐回位子上。

「沒關係，妳可以就座了喲。」

橘書記心想或許她沒聽見，而再次告訴了她。

即使如此堀北還是不坐下。堀北持續凝視著老師們。

「他是應該要反省，不過並不是針對這次的事件。他是要在檢討、反省過去的自己這層意義上做反省。關於我們剛才討論的事件——我認為須藤同學並沒有任何不對。要說為何的話，因為我有把握，這並不是偶然發生的不幸事件，而是C班蓄意設計的。我一點也不打算就這樣忍氣吞聲。」

堀北打破漫長的沉默，以可視為有點威迫的態度如此答道。

「換句話說……這是怎麼回事？」

堀北的哥哥第一次用正眼看向妹妹。堀北沒有避開他的視線。

這很可能是因為佐倉展現出勇氣，讓她覺得現在不是自己害怕的時候吧。

或者，也可能是因為她已經在心中看見明確的解決之道。

「若這無法讓您明白，那麼我就重新回答一遍。我們要主張須藤同學的完全無罪。因此，即使是一天的停學懲罰，我們也都無法接受。」

「哈哈……我還以為妳要說什麼。蓄意設計的？這話還真是可笑。看來實在不得不說學生會長的妹妹真的很不優秀呢。」

「如同目擊者提供的證詞，須藤同學是被害者。還請您做出正確的判斷。」

「我們才是被害者！學生會長！」

C班學生也認為這是絕佳時機，因而大叫主張道。

「別開玩笑了！我才是被害者！」

受他們影響的須藤也如此主張。異議接連不斷。

當然，誰都明白這樣不會得到任何結果。

「到此為止。再繼續下去也只是浪費時間。」

學生會長堀北學，瞥了一眼這互揭瘡疤、互相推諉說謊責任的情況。

「我從今天談話中所知道的，就是你們彼此說詞完全相反。這只代表其中一方撒了非常惡劣的謊言。」

換句話說，D班或C班其中一方不斷說謊，還把校方捲入其中。

如果事實揭曉，這甚至並非僅是停學處分就能了事。

「C班，我問你們。你們能斷言今天所言並無虛假嗎？」

「這……這當然。」

「那D班如何？」

「我也沒說謊。這全是真的。」

「那麼，我們明天四點會再次設置重審會議。在那之前，要是沒有人提出對方明確說謊的證據，或是承認自己的錯誤，那我們將依照現有的證據來做判斷。當然根據情況，我們也必須考慮退學的處分。以上。」

堀北的哥哥做出結論，結束了這場審議。明天四點。這也就代表延期時間只剩下一天整。要在這段期間尋找新的確鑿證據，是非常困難的。

還是說，堀北她——已經接下我傳過去的球了嗎？

「請問距離審議的這段期間，能不能再稍微延長一點呢？」

堀北也忍不住抗議這點，因而舉手提出要求。

「假如妳的提案是要求延長再審前的時間，學生會長應該一開始就給予十足的充裕了。換句話說，我們早已給予非常充足的時間。延長審議就算是個特例了。」

茶柱老師雙手抱胸，就像是體察到學生會長的意思般如此答道。

學生會請我們盡速離開辦公室。儘管不滿，不過大家都還是出了學生會辦公室。

坂上老師朝著眼看就快哭出來的佐倉走了過來。接著斬釘截鐵地說出一段冷淡的話。

「妳的謊言導致了許多學生被捲入其中，我希望妳能夠對此反省。還有，如果妳以為哭就能獲得原諒，那麼妳的策略實在太愚蠢了。妳應該感到羞恥。」

他留下這些話，就與C班學生們一同離去。

「居然有假的目擊者，簡直太過分。」坂上老師還故意要讓人聽見似的，反覆說著這種抱怨。

「堀北，妳雖然斷然地放出狠話，不過這有勝算嗎？」

「我不會放棄，直到最後我都會貫徹主張。」

「妳應該很清楚這不是光憑思考，就有辦法解決的問題對吧？最後說不定會讓傷口更加擴大喔！」

「我並沒有打算要輸。那麼，我先告辭了。」

堀北留下這段簡短的話就回去了。而須藤也跟在她身後離去。

我和佐倉肩併肩，離開了學生會辦公室。

「對不起呀，綾小路同學……如果我一開始就站出來，明明一切都會沒事的……就因為我沒有勇氣，事情才會變成這樣……」

「這是一樣的。即使妳一開始就站出來，最後那些傢伙也只會針對目擊者是D班學生這點不斷嚴加指責。所以結果不會改變。」

「可是……！」

被懷疑是在說謊，而且或許是因為自己的錯才無法救出須藤——各種情緒朝著佐倉席捲而來。接著，她落下了斗大的淚滴。

要是平田在場的話，那他應該正溫柔地遞出手帕吧。

真沒想到與堀北的哥哥再次相見時的場面，和堀北先前崩潰時的情景有點重疊。

我深切感受到這是注定好的。為何這世界上會盡是充斥著勝者與敗者呢？

回過神來，我的身邊就定出了各式各樣的勝敗，並且連鎖著喜悅與悲傷。

佐倉內心受到重創，無法好好行走。

我無法棄她於不顧，於是決定等待佐倉，直到她能夠行動為止。

「你們還在啊。」

堀北的哥哥與橘書記從學生會辦公室走了出來。橘書記手上拿著鑰匙，開始鎖門。

「你們打算怎麼做？」

「怎麼做是指？」

我們之間進行了這種簡短的互動。

「今天你和鈴音一起出現在這裡的時候，我還以為你能找到什麼策略。」

「我既不是諸葛孔明，也不是黑田官兵衛，不會有什麼策略。」

「所以鈴音是因為失控，才會揚言主張完全無罪啊。」

「真是個不切實際的空談呢。你不這麼認為嗎？」

「是啊。」

真不可思議。雖然簡短，但我和堀北的哥哥持續進行對話。

初次見面時的印象雖然很差，不過這麼看來，他是個很容易交談的對象。

不愧是爬上學生會長之座的男人，因此掌握人心的能力才會這麼出色吧。

「然後，妳叫佐倉對吧？」

堀北的哥哥向吞聲飲泣的佐倉搭話。

「目擊證詞以及照片證物都確實具備證據能力，足以在審議中提出，不過妳要記住這點，別人要如何評價這份證據，並且要相信到什麼程度，都將取決於證明力。妳是D班的學生，因此證明力無論如何都會下降。不管妳再怎麼詳述事件當時的情況，也都無法百分之百讓人接受。這次，妳的證言想必不會被人視為是『真相』。」

這等於是在說佐倉是個騙子。

「我、我……只是，把真相……」

「只要無法完全證明，那就只是胡言亂語。」

佐倉就這樣低著頭。因為懊悔，淚水又再次奪眶。

「我相信佐倉的證詞。」

「既然你是D班的學生，會想相信也是理所當然。」

「這不是我想去相信。我是在說我相信佐倉。意思並不一樣。」

「那麼你能證明嗎？證明佐倉沒有撒謊。」

「這件事並非由我。你的妹妹會去替我們去證明。她會去證明佐倉不是什麼騙子，並且找出任何人都能接受的方法。」

堀北的哥哥淺淺一笑。這個笑容是在表示「她不可能辦到」吧。

他們兩人回去之後，我便靠近還在這裡無法行走的佐倉。

「佐倉，抬起頭。一直哭下去也不是辦法。」

「可是……都是因為我的錯……嗚……」

「妳沒有做錯任何事情。妳只是說出了真相，對吧？」

「……可是……嗚……」

「我再說一次。妳並沒有做錯任何事情。」

我蹲了下來，與佐倉視線同高。

佐倉不想被人看見哭腫的臉，而再次低下了頭。

「我相信妳。今天妳能像這樣出席，我真的覺得非常感謝。多虧有妳，須藤與班上的大家才會獲得得救的可能性。」

「但是……我……什麼忙也沒幫上呀……？」

這女孩到底是有多麼沒自信啊？

「我相信妳。這就是所謂的朋友。」

我有點強硬地抓住佐倉的肩膀，讓她看向我。

並且硬是對上她打算閃避的視線。

「所以，要是妳有什麼困擾的話，到時我會助妳一臂之力。妳就記住吧。」

接著，我又再度強而有力地說出了那句話——「為了我自己」。

2

「真是讓你見到丟臉的地方了呢……」

走在我隔壁的佐倉，總算停止了哭泣。她有點不好意思似的笑了。

「我好久沒在別人面前哭了。感覺心情舒暢了點。」

「那就太好了。我小時候也經常在別人面前哭呢。」

「綾小路同學你很難讓人覺得有這種形象呢。」

「我真的哭了喔。而且還是在別人面前哭了十幾次、二十幾次。」

我雖然很不甘心，也覺得很丟臉，但就是無法停止哭泣。

不過，人會在哭泣中成長，也才會變得能夠向前邁進。

而且佐倉好像是會把痛苦全吞下肚的那種人。這次對她來說，或許也是個很重要的事件。

「……我覺得很開心，因為你說你相信我。」

「不是只有我喔。堀北、櫛田，還有須藤都是。而且班上的大家應該也都相信妳。」

「嗯……不過，因為綾小路同學你直接告訴了我。你的話已經確實傳達過來了喲。」

殘留的眼淚似乎模糊了佐倉的視線，她又再次擦了擦淚水。

「能鼓起勇氣真是太好了。」

佐倉微微地露出笑容如此說道。看見她這模樣我也放下了心，確定自己做對了。

如果勉強拖出佐倉，並且只為她帶來不愉快，那麼即使救了須藤，應該也不能說是完美解決。

接著，我們兩人之間維持著沉默。這是因為不論哪方都不擅長說話，才產生出來的情況。

然而，這卻不可思議地不會令人討厭。

「那、那個呀……雖然我覺得現在不該說這種事……」

我們差不多快到學校門口的時候，佐倉像是想起什麼似的開口說道。

「其實……我現在……」

「哈囉，你還真是慢呢。」

一之瀨與神崎好像很在意結果，而在學校門口等我出來。

「你們在等我啊。」

「想說不知道事情變得怎麼樣了。」

我請他們稍等，然後把臉望向佐倉。

「佐倉，抱歉啊。告訴我後續吧。」

打開鞋櫃並盯著裡頭看的佐倉，只把臉面向了我。

「沒、沒有。沒什麼事情。只不過，我會鼓起勇氣，並試著加油。」

佐倉匆匆如此回答，接著輕輕點了點頭，然後就回去了。

「佐倉？」

雖然我試著叫住佐倉，但她沒停下腳步，並跑出了門口。

「抱歉。我們出現的時間點似乎不太好嗎？」

「不……」

總而言之，我將學生會辦公室裡一連串發生的事情都告訴他們了。

「這樣啊，她駁回那項提議了啊。所以，D班要徹底主張無罪對吧？」

「因為對他們來說，即使一天也好，只要能讓須藤停學，就形同是他們獲勝。」

對方的提議換言之就是個陷阱，而且是引誘我們前往敗北的甜蜜陷阱。

他們兩人似乎無法認同，尤其神崎還斷言這項選擇是個錯誤。

「毆打對方的事實無法消除。重要的是，好不容易才有目擊者出來提供證詞及證據，對方也因此做出了讓步。你們應該要在這個時間點接受提案，並且做出妥協。」

「可是就像綾小路同學你所說的，停學處分就是D班的敗北。校方要是判斷須藤同學是那種受到停學且品行不良的學生，正式球員的事說不定就會告吹。」

「不一定會告吹吧。觀感或許會變差，但只要知道無論是哪一方都有責任，校方應該也會考量這點而改變審查。然而，要是明天須藤的責任比例增加，那就連這件事都會變得很危險。」

誰的意見都沒有錯。主張無罪與接受提議，都是正確解答之一。

「是啊，我也這麼認為。」

「你既然這麼認為，那不就應該要去阻止嗎？」

「要是再次進行協商，那必然會是我方的敗北。因為就如神崎所說的，要以『完全無罪』來取勝，『本質上』是不可能的呢。」

無論再怎麼提出證詞，再怎麼奮力上訴，也都已無法在這點之上取勝。

勝敗已分。情勢已完全加溫到最終階段，並且開始急速冷卻。

「即使如此你們也要戰鬥嗎？你們明明就連新的證據跟證詞都沒有耶？」

「因為我們的老大做出了這個判斷。她說直到最後都要徹底抗戰呢。」

堀北不是笨蛋。她應該非常清楚延長戰局不是件可喜的事。

即使如此她也選擇向前邁進，便表明了她打算戰鬥。

這是D班覺悟今後也將正面迎接困難的證明。

「唉——雖然我不認為現在還會得到有力的線索，不過我就再去網路上重新蒐集消息吧。」

在這種就算被他們拋棄也不奇怪的情況之下，一之瀨卻笑著說出要繼續幫忙。

「我也盡可能去問問看有沒有誰發現證據或目擊者吧。」

妥協派的神崎也表現出不吝於提供協助的態度。

「畢竟我們也騎虎難下了呢。而且我也說過了吧，說謊不能原諒。」

神崎也點了頭。這些傢伙人真好啊。

「我很感謝你們的提議，可是沒有這個必要。」

我以為堀北已經回去了，但她卻出現在這裡。她是在等我回來嗎？

「妳說沒必要……這是怎麼回事？堀北同學？」

「我們在審議裡是無法獲判無罪的。假設C班或A班出現新的目擊者，我們也還是無法獲勝呢。不過作為替代方案……我想拜託你們準備某樣東西。為了這唯一的解決方案。」

「某樣東西是指？」

「那就是——」

堀北說出想要的物品名稱——那項為了計畫，而不可或缺的東西。

原本很冷靜的一之瀨，表情變得有點僵硬。

「咦……真是敗給你們了。這項請求還真的是相當困難呢。」

一之瀨似乎覺得這提議實在很亂來，因此沒有立即允諾。

神崎也做出沉思般的動作，並且陷入了沉默。

「我很明白自己的立場沒辦法做出這種要求。這太自私了，會對你們造成巨大負擔。可是——」

「啊——不是。嗯，這件事也算是在我個人能力所及範圍呢。而且我認為自己很清楚D班的情況。只不過，我有很多事情想要問妳……連理由都不說，不就真的有點太自私了嗎？」

「確實如此呢……那麼，你們要是能接受我接下來說的事情，那麼能不能請你們幫忙呢？」

堀北將她說的唯一解決方案的詳細內容告訴了一之瀨、神崎，還有我。

包括為何需要、如何使用，以及有何目的。

結束說明後，他們兩人暫時沉默不語，看起來是在沉思。

「我想如果是妳，應該可以理解這個作戰的風險及有用性。」

「這方法……妳是從何時開始想的？」

「談話快結束的時候。這是偶然想到的點子。」

「嗯……這方法真厲害耶。我自己去過現場，卻完全沒有察覺到這點。倒不如應該說是我把這方法排除在外嗎……這完全不在我的想像範疇之內。」

一之瀨他們似乎確實理解了堀北的目標及其效果。

然而，他們的表情依然僵硬，看起來還在沉思。

「這是個讓人意想不到的點子，而且我認為效果應該也值得期待。不過，這種事真的可行嗎？」

一之瀨看起來有點傻眼，並向神崎尋求意見。

「這或許會違反妳的規則及道德標準呢，一之瀨。」

「啊哈哈，也是呢……這樣違反規則了。可是……這也許確實是個唯一的辦法。」

「是啊。聽了她說的話，我也這麼想。這是條本應不存在的生路。」

剩下就只有一件事情。那就是這兩人是否願意提供幫助。

這個作戰無論如何都會牽扯上謊言。

這應該能說是在向討厭謊言的他們做出嚴苛的請求吧。

「這次事件由謊言開始，能夠劃下句點的果然還是只有謊言。我是這麼想的。」

「原來如此呢。以眼還眼，以謊治謊嗎？可是呀，這實際上有可能辦到嗎？我不覺得可以簡單獲得這種東西。」

「這點就別擔心。因為我剛才已經去確認過了。」

看來她馬上就出去學生會辦公室，是為了要去確認計畫可行與否。

「假如拜託博士幫忙的話，細微部分應該也能順利運作。我去拜託他看看。」

堀北似乎沒有異議，於是輕輕點頭。

「欸，神崎同學……為了甩開C班，我們應該已經開始與D班聯手了，對吧？」

「嗯，對啊。」

「可是呀，我們現在打算做的事情，不是或許會害我們自己之後陷入窘境嗎？雖然我剛才才想到這點。」

「說不定是吧。」

「真是敗給你們了。D班居然存在像妳這樣的人。這完全是個失算呢。」

一之瀨對堀北表示敬意，雖然有點無言，接著還是拿出了手機。

「這借給妳。改天我會要回來喲。」

她這麼說完，便和堀北約定好會提供幫助。

「好，那就說定了。」

堀北毫不客氣地決定借用幫手的這份可貴力量。

「接著，綾小路同學，我也有事想請你幫忙。」

「只要不是麻煩的事情，我就幫。」

「基本上需要幫忙的，都會是既麻煩又費功夫的事情呢。」

她的意思似乎是——做好覺悟吧。

我不可能逃得掉，所以就不甘願地決定幫忙堀北。

「那麼我們走……！」

劇痛與衝擊出奇不意地朝我的側腹襲來。我就像是被吹跑似的摔在走廊上。

「這麼一來，你碰我側腹的事情，我就原諒你了。下次我可會加倍奉還。」

「喂，呃，啊……！」

我因為痛楚而發出不成聲的聲音，就連反駁都不被允許。

下次會加倍奉還，意思就是現在的雙倍嗎？我想那種程度根本無法與此相比吧！

一之瀨目瞪口呆地守望著這幅光景，並且以像是看見什麼恐怖事物般的眼神看著堀北。

一之瀨，妳要好好記住。這女人可是個毫不留情的傢伙……（不支倒地）

高度育成高級中學學生基本資料　　時間7/1

姓名	池寬治 Ike Kanji
班級	一年D班
學號	S01T004654
社團	無
生日	6月16日

評價

學力	E+
智力	D-
判斷力	D+
體育能力	C-
團隊合作能力	C

面試官的評語

這名學生無特別傑出之處。學業、體育能力層面上也屬於平均之下。但面試時的評價意外地非常高，在計分上也進入了前15%。他有著許多朋友。身為社會人士的價值，很可能會有一定以上的水準。我們非常看好他會藉由熟習教養與知性，而成長為足夠送出社會的傑出人才，因而將他分發至D班。

導師紀錄

從入學後馬上就交到許多朋友等事看來，他確實完全發揮出了長處。

唯一的解決方案

通往學校的林蔭大道。上頭灑落下來的盛夏陽光，既刺眼又炎熱。

我每前進一步，身體就會發出慘叫，並且快要冒出汗水。充滿朝氣的學生從我身旁跑了過去。有活力真好。還是說他只是腦袋不正常而已呢？現在，即使世界末日正在身後逼近我，我說不定也不會逃跑。

前方葉隙流光之下，有個美女正把腰倚在扶手上往我這邊看來。

為何所謂美少女都這麼擅長融入風景當中呢？

我忍不住很想把自己看到畫面擷取在一張照片裡。然而，很遺憾的是，我沒有拍下照片的那種膽量。

「早安，綾小路同學。」

「妳在這種地方，是要跟誰碰面嗎，堀北？」

「對。我在等你。」

「要是被喜歡的人這麼說，一定會是最棒的一句話吧。」

「你是笨蛋嗎？」我被堀北稍微地罵了。感覺一大早天氣又格外炎熱了。

「今天就要決定一切了。」

「是啊。」

「我在想……我會不會也許做錯了選擇呢。」

「妳是說，要是選擇妥協就好了？」

「雖然我很不願意這麼想。」她說出這句開場白，就接著講了下去：

「要是須藤同學因此受到重罰，那就是我的責任。」

「原來妳也會像這樣講洩氣話啊。」

「因為做出賭注是事實。我多少會有點不安結果將會如何呢。你那邊沒問題吧？」

「妳是指昨天和我說明的作戰對吧。一之瀨也在，應該總有辦法吧。」

我輕輕地拍了堀北的肩膀，接著邁出腳步。

「欸——」

「嗯？」

「……沒事。等這件事順利解決完再說吧。」

堀北好像想說些什麼，但她如此回答，接著閉上了嘴。

1

踏進教室的瞬間，我便發現了變化。

照理說總會在最後一刻才到校的佐倉，現在就已經坐到了位子上。

我不覺得她是那種貪睡蟲，因為偶爾早起才早到校。

她是有著什麼目的，才會早來學校呢？

堀北看起來也對佐倉的存在有些驚訝。佐倉本人的話……

她看起來和平常沒什麼兩樣，但讓人感覺心境積極向上。

這差異很難以言喻，甚至說不上是變化。若有人告訴我這是我的誤會，或許我還會回答「應該是吧」。當中差異微小到甚至連微風輕輕吹拂就會飛走。

在我們打算就座並準備經過佐倉座位前方之時，佐倉抬起了頭，察覺到我們的存在。

我微微舉起手，代替打招呼。這種程度對佐倉來說應該也剛剛好吧。

雖然我這麼想──

「呃……早安。綾小路同學……堀北同學。」

「早、早安……」

佐倉第一次主動向我道早安。我因為意料之外的事件而驚訝得語塞。她雖然沒有與我們對上眼神，可是即使如此，她還是抬起頭拚命擠出這些話。

「她是怎麼了……？」

「說不定她是因為昨天的事件，而往上成熟了一個階段。」

平時幾乎不會在人面前說話的佐倉，在緊張的氣氛中威風凜凜地作了證。那應該也成了她重新檢視自己的機會吧。

「人不會這麼容易改變。假如她打算改變，那會相當勉強自己吧。」

我感人的想像被堀北這句現實的話給毀了。

這確實希望渺茫。堀北所言大概是正確的吧。

昨天為止的佐倉，與今天的佐倉並沒有太大的差異。不過確實也已經不相同了。

我知道她是打算以自己的方式，為自己帶來某些變化，才會做出這種行為。

她想改變——這不會有錯。

「只要她沒有勉強自己就好了。」

「勉強？」

「也就是說，人要是做出不符合自己身高的舉止，很有可能就會摔跤呢。」

她的話不可思議地充滿說服力，彷彿讓人認為是她自己的經驗談。

「妳是非常熱愛孤獨的孤獨少女嘛。真是有說服力啊。」

「你想死一次看看嗎？」

這不是孤獨，而是地獄少女……

我遠遠觀察佐倉的模樣。沒看見她向其他學生打招呼。

看來再怎麼說，她也不會突然間就跟全班打招呼。只要她沒有勉強自己就好了……嗎？確實如此呢。平常不會和任何人說話的人要主動向人打招呼。

即使從別人眼裡看來很微不足道，但對佐倉而言，這應該是個會對身心造成巨大負擔的行為。

很難想像這不會有任何負面反作用。

說不定打算強行改變自己，將導致她心中某處綻裂開來。

看來在執行那個作戰之前，我還是稍微留意一下她會比較好。

2

再審開始前大約三十分鐘，我為了到某處等人而站了起來，準備離開教室。噢，對了。在這之前，我先去和佐倉打聲招呼吧。

「佐倉。妳現在要回去了嗎？」

我向正在準備回家的佐倉搭話。

「綾小路同學……你現在要去審議了對吧？」

「我今天不參加。」

我告訴她我要在幕後忙一些細節工作。

「這樣呀……」

佐倉似乎在想些什麼，而低垂著視線，如此小聲嘟噥道。樣子有點奇怪。

與其說她心神不寧，不如說她似乎正在緊張。

「怎麼了？」

「咦？」

「今天並不是妳要出面做證，妳完全不需要逞強喔。」

我甚至覺得佐倉好像有點在冒汗。

「……大家都在努力，所以我也覺得自己要努力。」

佐倉講出這些話。與其說是在對我說，反而還比較像是她在說給自己聽。

「妳在想些什麼呢？」

「為了向前邁進，有一件事情是必要的……所以，我要去做那件事。」

即使我詢問佐倉，她也沒有給出明確的答覆。雖然我對她這副模樣感到不安，而打算繼續追問下去，可是口袋裡的手機震動了起來，通知我時間已到。現在已經沒有時間了。

「下次見嘍，綾小路同學。」

這句話及這張開朗的笑容，都很不像平時的佐倉。它們莫名地深深烙印在我腦中。

「欸，佐倉，妳待會兒有空嗎？我有事想和妳說。」

我為了與她維繫連絡而擠出這句話。可是佐倉卻輕輕左右搖頭。

「我今天接下來有事情要做，所以可以明天嗎？」

既然她都這麼對我說，我也不能強硬拜託她說「今天絕對會比較好」。

不過我現在也得走了。我背對佐倉，朝著特別教學大樓前進。

現在時刻是三點四十分過後。迎接放學後的特別教學大樓比平時都還悶熱。

如果計畫按照程序進行，那我所等待的人應該就快要來了。

過了不久，三名男生儘管抱怨著「好熱好熱」，但還是來到了這裡。看得出來他們每個人的表情都好像有點樂觀、開心。

這也當然。要說為什麼，這是因為這三個人會來到此處，是由於收到了我們班上偶像般的存在——櫛田所寄出的邀請信件。這是邀請約會嗎？或者該不會是告白？——他們說不定正在做著這種幻想。

然而，他們這份幻想，在發現我的存在之後就破滅了。

「……怎麼回事？你為什麼會在這裡？」

看來他們果然記得曾在學生會辦公室中見過我。像是他們隊長的石崎往前踏出一步，威嚇似的逼問道。他在沒人會看見的場所還真是態度強勢。

「櫛田不會來這裡。那是騙你們的。是我硬拜託她發郵件的。」

石崎露骨地擺出不高興的表情，然後拉近了與我之間的距離。

「你開什麼玩笑啊？這是什麼意思？啊？」

「要是我不這麼做，你們就會無視我，對吧？我想商量事情。」

「商量？有必要找我們做這種事嗎？你腦袋是被熱壞了喔？」

石崎打從心底覺得很熱似的抓著襯衫前襟前後搧風。

「你再怎麼掙扎也無法掩蓋真相。我們是被須藤叫出來打的。這就是答案。你們就乖乖接受與其相應的報應吧。」

「我並沒打算爭論這種事情。這是浪費時間。因為昨天徹底談完，我也很清楚D班和C班都絕對不會放棄自己的主張呢。」

「所以是怎樣？你要現在強行拖住我們，讓我們缺席會議嗎？還是你想用人群包圍我們，再以暴力威嚇我們？就跟須藤當時一樣。」

哦──這也是個有趣的點子。不過我現在也只能忍耐了吧。

這類威脅對這些傢伙不管用。倒不如說，他們似乎還很歡迎。

他們確信要是發生新的被襲事實，情況便會轉往優勢。

「乖乖放棄吧。那麼就這樣。」

這三人知道櫛田不在就打算折返，然而，另一個人的存在卻妨礙了他們。

「我認為你們還是死了這條心會比較好喲。」

等待演員到齊的一之瀨，踏著輕盈的步伐現身此地。

「一、一之瀨！為什麼妳會在這裡！」

感到驚訝的當然是C班的那夥人。假如出現B班這種毫無關連的人，那這樣也很合理。

「你問為什麼呀？因為這件事情，我也有參與其中──應該姑且可以這麼說吧？」

「妳還真有名呢，一之瀨。」

「啊哈哈哈。我和C班之間發生過好幾次衝突呢。」

看來他們正在我完全不知道的地方激烈交戰。

C班那夥人明顯亂了陣腳。

「這次跟B班沒有任何關係吧？閃一邊去啦……」

他們與面對我時不同，態度明顯軟弱。但還是拚命地想趕走一之瀨。

「的確是與我無關呢。但你們不認為自己說謊，還把這麼多人捲進去，是很有問題的嗎？」

「……我們沒有說謊。我們可是被害者啊。我們被須藤叫來這裡，還被毆打。這就是事實。」

「喝——壞蛋總會固執到最後。是時候讓你們接受制裁了！」

一之瀨猛然張開右手，如此高聲宣言。

「這回事件中，你們說謊的事，以及先施暴的事情——我全都看穿了呢。要是不想被公諸於世的話，就應立即撤銷控訴。」

總覺得就算我不逐一說明，只要交給一之瀨就沒問題了。

「啥？叫我們撤銷控訴？別笑死人。妳在說什麼夢話啊？你們的證詞一點都不可靠啦。是須藤先過來動手打架的，對吧？」

石崎向兩人尋求同意。那兩個人當然也立刻回答「對啊對啊」。

「你們知道這所學校即使在日本，也是政府公認數一數二的升學學校吧？」

「這當然吧？我們就是看準這點才入學的啊。」

「既然這樣，就得再多動點腦筋呢。你們的目的從一開始就已經敗露了喲！」

一之瀨像是在享受這種狀況般，話越來越多，並且開心似的露出笑臉。

她就如同即將揭穿真凶的名偵探，在三個人周圍慢慢走動，一面如此說道。

「你們不覺得校方在知道這次事件之後的應對非常奇怪嗎？」

「啊？」

「你們向校方控訴時，為什麼須藤同學沒有馬上受到懲罰呢？又為什麼會給好幾天時間的挽回機會呢？你們認為理由是什麼？」

「這是因為那傢伙說謊哀求校方的關係吧？因為要是表面上不給予延期，那就會變成先告狀者先贏了。」

「真的是這樣嗎？會不會其實有別的用意以及目的呢？」

窗戶緊閉的走廊，受到還高掛在天上的太陽照射，因而越發悶熱。

「真是莫名其妙。啊——可惡，好熱。」

他們的思考能力——亦即集中力，隨著炎熱而逐漸下降。進行理論、創造性思考時，要是不在舒適環境下的話，就無法完全發揮實力。

只要塞入腦中的內容越多，對腦袋的負荷當然越大。

「我們走吧。繼續待在這種地方的話，感覺就要被煮熟了。」

「這樣好嗎？你們如果離開這裡，八成會後悔一輩子喲？」

「妳從剛剛開始就在講什麼啦，一之瀨？」

一之瀨雙腳併在一塊，停下了步伐。

「你們不懂嗎？意思就是校方知道你們C班在說謊喲。而且還是從一開始就知道了呢。」

C班恐怕誰也沒想像過這出人意表的事情吧。

幾秒鐘期間，石崎他們像是無法理解般地面面相覷。

「別笑死人了。說什麼我們在說謊？還說學校知道這件事？」

「我們怎麼可能相信妳。」他們當然如此嗤之以鼻。

「啊哈哈哈哈。真是可笑。因為你們可是一直被玩弄於股掌之間。」

「雖然拉攏妳的這招真的是很厲害，但這種謊言對我們不管用啦！」

「確鑿的證據是有的。」

一之瀨不畏懼石崎的恫嚇，繼續說道。

「哈！是這樣的話，妳就給我們看看啊，妳那所謂的什麼證據——」

C班那夥人當然認為不可能會有什麼證據，因此即使聽了一之瀨的話，也依然堅定不移。然而，當他們咬著這件事不放的時候，就已經決定了他們的敗北。

「你們知道這間學校到處都有監視器對吧？像是教室、學校餐廳，或便利商店都有設置，你們應該無意間都有看過吧？為了不放過不正當行為，校方才藉由這種措施檢查我們平時的行

徑。」

「這又怎樣？」

看來他們果然還是知道有監視器一事。石崎他們完全不慌張。

「既然如此，那麼你們沒看見那個嗎？」

一之瀨將視線移向這條走廊前方不遠處的天花板。

過了一會兒，石崎他們也朝她視線望了過去。

「咦——？」

他們發出像是漏風般的愚蠢聲音。

為了監視特別教學大樓走廊的各個角落，監視器還不時地左右擺動。

「這怎麼行呢？你們如果要陷害別人，就得選在沒有攝影機的地方呀。」

「怎——為、為什麼會有攝影機！其他樓層不是沒有攝影機嗎！只有這裡裝設也太奇怪了吧！對吧！」

石崎像在尋求夥伴同意似的轉過頭。

「我們確實已經確認過了。」他們兩人一邊擦汗，一邊回答。

「就算你們想算計我們，這也不管用。那是你們裝上去的！」

「校舍的走廊的確基本上好像不會裝設監視器。不過，有幾條走廊卻例外地有裝設攝影機喲。那就是職員辦公室，以及理科教室前方。職員辦公室就不用說了，畢竟裡面也有很多貴重物品對吧？接著理科教室則是放置了許多化學藥品。因為這層樓有理科教室，所以裝設監視器也是當然。」

石崎他們的話第一次退縮到了喉嚨深處。一之瀨不會漏看這份畏懼。

「你們要不要看看背後？攝影機可不只有一台喲？」

石崎他們彷彿像被誘導般，往攝影機反方向的走廊回頭。

反方向走廊的攝影機，也當然像是在補足完整畫面似的運作中。

「假如這是我們裝設的，那還會連那一側也一起準備嗎？而且說起來，在無法出去學校的情況下，我們又要怎麼準備呢？」

一之瀨準確地一個個封鎖了退路。

「這、這怎麼可能……怎麼會這樣？我們那時候……應該就確認過了……」

「這裡是三樓，你們檢查的真的就是三樓嗎？該不會是二樓或者四樓吧？事實上，這裡就是有設置監視器喲？」

他們三個人流著非比尋常大量的汗，並且半抱著頭，非常迷惘。

「況且，你們知道自己已經露出馬腳了嗎？一般人不會去在乎監視器的有無，而且也不會去做什麼確認喲？說出這種事情，就代表你們已經輕易承認自己是犯人。」

一之瀨在最後一道程序上，發出最後一擊。

「那、那麼……那個時候該不會也……」

「那種機型的監視攝影機應該沒辦法連聲音都錄下來，不過你們先動手的決定性瞬間，則是毫無疑問地有拍下來吧。」

他們用來擦拭汗水的袖口已經完全濕透。

一之瀨彷彿要把這裡交接給我似的拍了我的手。嗯，確實由我來說些話會比較好吧。

「其實學校應該也正在等待吧？等待你們說出實話。所以不僅給予延期，學生會長還前來確認你們有無說謊。只要回想當時的對談，你們不覺得一切真的都被他們看穿了嗎？」

他們三個人現在應該都在拚命回想昨天會議室裡的事。

當然，校方想必沒看出來C班在說謊吧。

然而從學生會角度看來，懷疑其中一方說謊也是事實。

只要把它解釋成針對他們自己，那就會一口氣帶來真實感。

「怎麼會……這種事我可沒聽說過……！已經完蛋了！」

小宮靠在牆上，無力地彎下膝蓋。而近藤也抱著自己的頭。

這樣再怎麼說，他們也該承認一切了。雖然我這麼想，但只有石崎一個人不一樣。

「等、等一下。我還是無法接受。假如監視器有留下畫面，你們即使什麼也不做，不是也能證明無罪嗎？就算不用特地告訴我們，我們應該也會在談話中知道。這果然是你們裝設的吧！」

「無罪？這就要看是依據什麼標準來說是無罪了吧？事件發生之時，就已經確定雙方都會背負痛楚。無論是誰先動手，最後雙方都將受到懲處。而不管事由為何，須藤都揍了你們三個人。這無法改變。當然，根據攝影機的影像，只要證明不是須藤先動手，應該也能將懲處減到最輕。不過這樣可就困擾了呢。要是留下任何一個不好的謠言，正式球員之座就危險了。而且這樣就連大會也應該會變得無法輕易出場吧？」

石崎的額頭流下瀑布般的汗水。雖然我們也很熱，但要是比起被逼入絕境，體溫還不斷上升的這三個人，我們算是很好的了。

「什麼嘛。嘿，那麼攝影機影像不是也對你們很困擾嗎？既然如此，我們只要就這樣攻過去就好了。因為即使是一天也好，只要能讓須藤停學就行了。」

「要是做出這種事情，你們可是會被退學的喔。這樣也無所謂？」

看來他們腦筋轉不過來，似乎沒有察覺自身的窘境。

「要是確認監視器的影像，就連你們三個人一起說謊的事情都會曝光。若是變成這樣，那十之八九就是退學。這種事情誰都明白。」

「什——！」

「那、那麼，為什麼學校……不說出我們撒謊的事情啊？」

近藤以虛弱的聲音，尋求救贖般地問道。

「校方在測試我們。他們在測試我們學生之間能否解決問題，並且會得出怎麼樣的結論。你們不認為只要這麼想，這次事情就很合乎邏輯了嗎？」

「……為什麼，這種事……我絕對不要被退學……！」

「欸、欸欸，石崎。現在還不遲，我們去告訴校方這是謊言吧！假如由我們去說，校方說不定會原諒我們！」

「可惡啊……別開玩笑了……要我自己去承認說謊嗎？若要因此受處罰的話，我寧願抱著同歸於盡的覺悟，以最壞的打算去挑戰……！這樣須藤也完蛋了！」

石崎似乎已經不打算收手，並且做好向前進攻的覺悟。

「現在做結論還太早了喔。我就給你們一個最後的機會。這是能夠拯救C班、D班的唯一辦法。」

「這種方法怎麼可能會有啊！」

既然事件存在，就不會有那種辦法。那麼，就只要讓事件不存在就好了。

「這次事件的解決辦法只有一個。就是告訴校方你們想撤銷控訴。這麼做的話，校方也不會硬拿出監視器影像來做出審判了吧。控訴沒了的話，誰也不會受到懲處。假如校方要拿影像出來確認的話，那我們D班也會支援你們。因為就如我剛才所說的，要是影像成了爭論點的話，須藤也會受到停學處分。換句話說，C班和D班可以合謀對抗校方。謊稱光憑影像無法看出當時狀況，那麼校方也就不會深究了吧？」

我們與這三人拉近距離。

「呼、呼……讓我打通電話……」

石崎拿出手機，幾乎已經灰心喪志。然而，一之瀨卻表示了NO。

我們不會在這裡給他們時間思考，必須在短期間內定出勝負。

「看來你們似乎也不會聽話，那麼我們也只好做出覺悟了呢。我們現在馬上就去和校方確認影像，並讓你們退學吧。」

我也贊同這麼做，於是點了頭。近藤與小宮見狀，便抓住石崎的手臂。

「我們接受一之瀨的提議吧！石崎！」

「等、等一下啊。要是不向那個人確認的話……就糟糕了吧！」

「我們已經輸了啦！你也不想被退學吧！拜託你啦，石崎！」

「……唔……！我明白了……我撤銷……只要撤銷就行了吧……！」

石崎崩潰地跪下。

「那麼我們現在就立刻前往學生會辦公室吧。我們也會一起過去。」

我們圍著這三個人，並跟著他們一同前往學生會辦公室所在的樓層。

因為即使是瞬間，只要我們移開視線，他們隨時都可能會向某人取得連絡，並尋求建議。
接著，我們一抵達學生會辦公室前，就將他們三個丟了進去。
剩下的，堀北應該會順利為我們促成好結果吧。

3

「哎呀——痛快痛快！謝謝你把這重要角色讓給我。感覺真好～」
「與其說是我讓給妳，倒不如說，這只是妳自做主張主持起來的吧？」
「啊哈哈哈，是嗎？但這麼一來，事情也算是告個段落了呢。」
真的總算是告個段落了。
「昨天你們要我借點數時，我才在想是要拿來做什麼呢。」
我們回到悶熱的特別教學大樓，並架設了梯子。
「真沒想到目的是要裝設監視器呢。」
沒錯，這監視器當然並不是校方所設置。
這是一之瀨他們買來，並在今天午休與博士一起裝設的東西。

校方當然會懷疑說出要撤銷控訴的C班吧。雖然石崎他們很害怕影像被調閱出來，但既然這監視器是假的，那麼也不會發生那種事。

我一開始很驚訝學校會販賣這種監視器，但它不只能用於防止犯罪，也可以用在測量或者記錄方面上。也就是說，它可以活用於學業。

比起監視攝影機，說成「網路監控攝影機」應該會比較好懂吧。

他們的思考力因為炎熱而下降，而且狀況又很緊迫，時間所剩無幾。加上心理上被逼入絕境。那些人處於這種狀態，百分之百沒有辦法看穿這是今天私人架設上去的東西。

即使再怎麼懷疑，也沒有時間讓他們確認事實。

「綾小路同學，你們要是有一天升上C班的話，似乎會成為很難纏的對手呢。」

「要是那種日子真的來臨的話吧。」

然而，那時候，一之瀨他們恐怕都已身處A班了吧。

「假如堀北同學在B班的話，我們說不定馬上就升上A班了。」

「或許吧。」

我將拆下來的攝影機遞給在下方扶著梯子的一之瀨。

「和妳借的點數，我們班一定會想辦法還。請妳讓我們稍微商量一下時間。」

「嗯。畢業之前還我就可以了喲。現在要怎麼辦？在學生會辦公室前面等嗎？」

「我想想……」

不經意地，我想起佐倉剛才的模樣。

她說今天接下來有事，但究竟是什麼事情呢？

之前接到電話，以及放學後在玄關的時候，她是打算對我說什麼呢？她是不是擺出了做好覺悟般的表情呢？

鼓起勇氣的這件事。其中含意究竟為何？

有種麻痺感朝我腦袋深處席捲而來，令我開始進行思考。

「對了，我有件事想先告訴綾小路同學你呢。」

我在得出一個結論前，就跑了出去。

隔壁的一之瀨好像正要說些什麼，但這之後再說。

「咦！等、等一下！」

一之瀨不清楚出了什麼狀況，但不知道為何就這樣追過來。

我一邊跑一邊拿出手機。只要位置情報服務的瀏覽有被允許，那就可以查詢朋友的所在位置。池的小聰明在這種時候派上用場，還真諷刺。我立即查詢佐倉手機的所在地點，並察看她身在何方。

我毫不拖泥帶水地迅速跑下樓梯，直奔一樓門口。

接著快速換上鞋子。我雖然沒打算等待一之瀨，但她晚個我兩三秒就準備完畢了。

「我國中時期是田徑社，所以對於腳程與持久力算是很有自信呢。」

她如此說完，便開心似的笑著。

「雖然很抱歉，但我可不打算在途中等妳喔。我趕時間。」

「啊哈哈哈，沒問題。」

佐倉的位置從剛才開始就沒有移動。我對此非常不安。

4

手機位置情報顯示的地點，是在家電量販店的進出貨入口處。

一之瀨就如她所宣言的那樣緊跟著我跑了過來。

我為了調整紊亂的呼吸，而一面壓抑著呼吸一面靠近目的地。

為了保險起見，我也向隔壁的一之瀨傳達保持安靜的手勢。

「請你不要再連絡我了……！」

「妳為什麼這麼說呢？對我來說，妳真的很重要……我第一次在雜誌上看見妳的時候，就喜

歡上妳了。我覺得在這裡再次見到妳是命中注定。我好喜歡妳……我根本無法停止對妳的思慕之情！」

「不要這樣……請你不要這樣！」

佐倉喊完，就從包包拿出某綑東西。那是信件，數量有有好幾十封……甚至將近一百封。無論哪封都是眼前這個男人所寄出的嗎？

「你為什麼會知道我的房間在哪裡！你為什麼要寄這種東西給我呢！」

「……這還用說嗎？這是因為我們的心連繫在一起呀。」

說不定佐倉入學後就一直很痛苦。她被粉絲知道真面目，幾乎每天都這樣忍耐著。而她卻以自己的意志、勇氣，來打破這種情況，並決定在今天向它告別。我感受到她的覺悟了。

「請你不要再這樣子了……我很困擾！」

佐倉像在拒絕男人一廂情願的戀情般，將那綑信件砸到地面上。

「為什麼……為什麼妳要做這種事情啊……！那是我想著妳寫下的信耶！」

「不、不要過來……！」

那名男人縮短他們之間的距離，以眼看就要撲上去的氣勢邁出步伐。

他抓住佐倉的手臂，用力地將其按到倉庫的鐵捲門上。

「我現在就把我這份真正的愛告訴妳……這樣的話，佐倉妳也就能理解了。」

「不要，請放開我！」

一之瀨拉了我的袖子。看樣子似乎不能再繼續放任下去。

雖然我想捕捉更關鍵性一點的場面，不過也沒辦法了。

我拉著一之瀨的手臂，然後像是不良情侶般大搖大擺地走了出去。

我一邊用手機喀嚓喀嚓地連續拍下照片。

「啊——我看見嘍~你好像正在做什麼了不起的事情耶，大叔。」

「咦！」

佐倉對我這不熟練的小混混口吻目瞪口呆。這樣非常羞恥，不過我還是要忍下來。

「大人對女高中生動粗。這明天在電視上會是條很大的新聞呢~」

「喂，不、不對。不是這樣的！」

「這不是完全沒~錯嗎？就是像這樣的感覺~？」

一之瀨也配合了我，不過這語調也太糟糕了。

男人雖然急忙把手移開佐倉，但這瞬間我也按下了快門。

「不對嗎？雖然我想這並沒錯耶。唔哇——這什麼信啊，好噁心。你是跟蹤狂啊？」

我彷彿像是抓起別人的襪子似的，一邊捏著鼻子，一邊只用食指與大拇指夾起信件的角落。

「不是的。這只是……對，因為這女孩希望我教她數位相機的使用方式，應該說，我是在進

行個別指導。就只有這樣而已喔～」

「哦～」

我拉近與男人之間的距離，光是施加壓力，就將他推往鐵捲門那一側。

「我跟她完整目擊了現場，還順便拍了照片。你下次要是再出現在這女孩面前，或者送出騷擾信件，我可就會馬上洩漏出去喔！」

「哈、哈哈哈。你在說什麼事情呀。哎呀，這是真的，我什麼都不知道……」

「你不知道？你可別裝傻啊，大叔。如果只是對偶像起色心，那就姑且不論。要是甚至伸出魔掌，那你就完蛋了吧？殺了你喔！」

「咿咿！」

我在他完全喪失鬥志時，故意製造出能讓他逃走的空間。

「再、再見！我再也不會這樣了！」

店員就像是逃跑中的兔子迅速逃離，接著回到店裡。

佐倉似乎是因為恐懼感消去而鬆懈下來，因此雙腿發軟，快要跌坐到地上。於是我急忙抓住她的手臂，撐住她的身體。

「妳真的很努力呢。」

雖然我也有各種事情要說教，但現在應該沒有那個必要吧。

佐倉獨自面對自己苦惱的心情，並且打算做個清算。

我不能不去體諒這份心情。

「綾小路同學……你為什麼會在這裡……」

我拿出手機，把可以得知佐倉位置情報的畫面顯示出來讓她看。

「我真是完全不行……結果我自己什麼也辦不到。」

「沒這種事喔。妳把信件砸到地上時，可是很帥氣喔。」

五顏六色的信件雜亂地散落一地。

「欸欸欸，剛才那個看起來很詭異的人是什麼啊？偶像又是指？」

一之瀨覺得很噁心似的撿起信件，並且歪著頭。

「這是——」

我並不是想要對一之瀨有所隱瞞，但我很猶豫能否不經佐倉許可，就把事情說出來。

然而，佐倉卻看著我的眼睛，輕輕地點了頭。

「這邊這個佐倉，在國中時期是偶像。她是叫作雫的偶像。」

「咦咦！偶像！好厲害！妳是藝人對吧！請和我握手！」

一之瀨驚訝得像個孩子，不知為何向佐倉要求握手。

「雖然我沒有上過電視之類的……」

「即使如此也很厲害呀！而且偶像又不是想當就能當。」

一之瀨也有足以與她匹敵的臉蛋與身材……不，我是覺得她有那種資質。

「你是什麼時候發現的呢……？綾小路同學？」

「就在不久之前。抱歉，而且除了我，班上其他幾個人也發現了。」

她早晚都會知道，所以我就老實先告訴她。

「或許這樣也好……因為一直偽裝自己很辛苦……」

要是這次事件能成為佐倉摘下虛偽面具的契機，那就好了。

「話雖如此，妳就算鼓起勇氣，也做太過頭了吧。要是發生什麼事，妳打算怎麼辦啊？」

「啊哈哈……也是呢……剛才真可怕呢。」

昨天在別人面前抽搭哭泣的女孩，不知為何好像覺得很好笑似的笑了。

儘管眼角浮著淚光，她還是笑了出來。

「綾小路同學……你果然沒有用異樣的眼光看待我呢……」

「異樣的眼光？」

「……沒有，沒什麼事。」

佐倉不回答我的問題，接著好像有點開心地露出了微笑。

「要是明天起我不戴眼鏡，並改變髮型的話，大家會不會發現呢……？」

「豈止是發現，可能會在學校造成轟動喔……如果這樣妳也沒關係的話。」

突然現身的美少女，使得觀眾蜂擁而至——我就連這種畫面都能毫不費勁地看見。

像是性格乖巧，有點天然呆等，滿滿都是男生會喜歡的要素。

「唔哇啊……真是有夠可愛……！與戴眼鏡時的形象完全不同！」

看來一之瀨似乎用手機調查了雫。

她看著手機顯示的照片而獨自興奮著。

總覺得須藤的事件雖然暴露出班級的狀況有多麼岌岌可危，以及多麼缺乏團結，但另一方面也連繫著佐倉成長的契機。這說不定是最好的成果。

「……真得很不像呢。」

這種思考方式真的很不像我。

倒不如說，我本來就連我自己是怎樣的存在，都不太清楚。

就這份意義上來說，這個是真正的我嗎？……我覺得有點混亂。

「抱歉呢。我一直都默不作聲。」

「這不是什麼必須道歉的事，也並不是非說不可。不過，我想今後我們的關係應該變得更能互相商量事情了吧？妳要是有煩惱或迷惘的事，就提出來商量吧……堀北或櫛田應該都會願意和妳商量。」

一之瀨在後面刻意地做出跌倒般的動作。

「這裡不是要說『我會和妳商量』才對嗎？」

那種像是帥哥才會講的話，我才說不出口。

「……嗯，我知道了。」

「啊，我也會幫忙喲。」

明明應該連姓名都不太清楚，一之瀨卻對佐倉露出笑容如此說道。

「我是B班的一之瀨。請多指教喲，佐倉同學。」

佐倉雖然有些不知所措，還是回握了她伸過來的手。

「話說回來，剛才妳在特別教學大樓不是打算說什麼事嗎？」

我想起與一之瀨的對話進行到一半時，就前往這裡了。

「啊——對呀。我本來打算跟你講很重要的事情。」

一之瀨整理呼吸，接著用認真的表情開始說了起來。

「雖然現在或許不該說這種事情……但這次事件有幕後黑手。」

既然一之瀨都這麼說出口了，我不認為這只是她的直覺。

「其實過去B班與C班學生發生過糾紛。雖然當時沒有像這樣把校方捲進去。那時候在幕後操控的人，就是龍園同學。」

「龍園……？這名字我沒聽過呢。」

「因為他自己並不會做出顯眼的舉動呢。就算不認識也是理所當然。」

一之瀨那張總是很開朗的表情，現在變得既沉重又嚴肅。

「他是我在一年級學生之中最防備的一個。我認為把須藤的形象塑造成騙子的事情，以及引起與B班之間糾紛的事情，全都是他搞的鬼。他是個只要是為了自己的利益，就會毫不猶豫陷害、傷害他人的人物……相當棘手。」

「你們與C班發生糾紛時，有順利解決嗎？」

「不管怎樣都算是解決了。不過以勝敗來看，不曉得能不能說是贏了……總之，這次他們公然前來找碴，說不定是因為開始理解學校的系統結構。所以你們要小心。」

雖然我不知那個名為龍園的學生是誰，但他一定是個相當危險的人物。他是個能夠毫不留情展開作戰，讓人只要走錯一步就會遭受退學的人物。

「要是發生什麼事，我隨時都會幫忙。到時候再找我商量喲。」

「好，我會記得。」

我和須藤同學在距離審議時間開始前十分鐘抵達了學生會辦公室。辦公室內只有橘學姊，沒看見老師們與哥哥。

「糟糕，我開始緊張了。堀北妳呢？」

「普通。」

這次事件就要在今天劃下句點。斷言須藤完全無罪的我，也很清楚這件事並不容易。要是作戰失敗，一切都會化為泡影。

非勝即敗。我參與延長戰，是認為這有一戰的價值。

如果作戰失敗，說不定事情會變成在言語上近距離的互相責罵、攻擊。

最後，假如結果變得比上次對談中得出的妥協提案還糟糕，那須藤同學八成會怨恨我吧。雖然我打算告訴他「你要恨也恨錯人了」，不過我想我會聽他抱怨的。我擅自訴求完全無罪，因此這是我的責任。

或者，要是須藤同學本人希望的話，我們也是有中途和解的可能性。

因為對方應該想盡可能縮短停學處分，所以只要以此為中心去爭論，須藤同學本身的懲處安排，應該也就能減輕了吧。

……以和解為名的敗北。他本人若如此期盼，那就沒辦法了。

不久後，學生會辦公室的門被打開來。同時，我的心跳也增快將近兩倍。

哥哥……我沒有說出心中這句話。

我明明就很清楚，卻還是會動搖、緊張。暈眩般的症狀向我襲來。

可是即使如此，我也不能重複昨天的失態。就算他覺得我可悲也沒關係。我把視線從哥哥身上撇開。現在我有其他該對抗、該面對的人。

「哎呀，昨天的男生好像不在呢。」

接著，前來辦公室的是C班班導坂上老師，再來則是茶柱老師。

「堀北，綾小路怎麼了？」

「他不會參加。」

「不會參加？」

茶柱老師狐疑似的注視著空位子。

她莫名地很賞識綾小路同學，因此似乎很好奇缺席一事。

不對，這並不是毫無意義的呢……我也隱約注意到了。不對，是被我間接察覺。

——我察覺到茶柱老師正看著的那綾小路同學的身影。

「因為他在跟不在都一樣。」

不願承認這點的我，像在揮去那身影般如此說道。

「也好。因為做決定的是你們。」

老師各自就座。剩下只要C班的學生們抵達，審議就開始了。

萬一情況發生變化時，我該如何作戰呢？這很簡單。就是反駁對方一切的說詞。攻擊對方的謊言、虛假，並申訴我方說的才是真相。就只有這樣。

對方一定也同樣會這麼做。彼此說詞互相碰撞，便是唯一的解決辦法。

接著，C班的學生終於來了。他們似乎都很著急，渾身是汗。

「勉強趕上了呢。」

坂上老師有點鬆了口氣地向學生們搭話。

「那麼接下來我們將繼續進行昨天的審議。請就座。」

橘學姊催促C班學生坐下。

然而，他們三人卻一動也不動，在坂上老師面前呆站。

「能請你們就座嗎？」

她再次說道。可是，那三人依然沒有動作。

「那個……坂上老師。」

「怎麼了？」

就連我這外人也能理解他們的模樣明顯很奇怪。

「……請問這次控訴，能不能當作沒發生過呢？」

「你們在說什麼……究竟是怎麼回事？」

對於學生意料之外的發言，坂上老師也站了起來。

「這意思是想要和解，還是已經和解了？」

哥哥向C班學生們投以銳利的視線。

可是，他們三個人卻幾乎同時左右搖頭，否定和解。

「因為我們發現這次事件的問題，並不在於誰不對。這次控訴本身就是個錯誤。因此我們要撤銷控訴。」

「撤銷控訴嗎……？」

茶柱老師不知是覺得哪裡好笑，她浮出淡淡的笑容，接著笑了出來。

「茶柱老師？請問這有什麼好笑的？」

坂上老師似乎對這態度很不高興，因此看起來很焦躁地瞪著茶柱老師。

「不，失禮了。我只是對意想不到的進展感到驚訝。因為我原本推測今天的對談不是爭吵到某方被擊垮，就是進行完全和解的提案。不過，我還真沒想到你們會想撤銷控訴。」

「老師們，以及學生會的各位，很抱歉占用了你們的時間。可是，這就是我們想出來的結論。」

他們三人的意思似乎很堅定，並強烈地如此訴說。

看來綾小路同學與一之瀨同學好像順利完成計畫了呢。

我沒有流露出想放鬆下來的心情，並且努力表現冷靜。

「我怎麼可能准許你們這樣。你們又沒做錯任何事。一切都是須藤同學單方面的恐嚇及暴力。你們打算忍氣吞聲嗎？」

坂上老師彷彿察覺到什麼，於是向我和須藤同學投以憤怒的眼神。

「你們做了什麼？你們該不會威脅他們假如不撤銷控訴就要施暴吧？」

「啥？別開玩笑。我什麼也沒做啦。」

「若非如此，這些孩子們照理說是不可能會說要撤銷告訴的。請你們現在在此說出真相。這樣的話老師會想辦法的。」

「坂上老師……無論別人說什麼，我們都要撤銷控訴。我們的想法不會改變。」

坂上老師似乎無法理解。他一面搖搖晃晃地按著頭，一面坐到了椅子上。

「你們如果要撤銷控訴，那我就受理吧。雖然在審議當中要撤銷的案例確實罕見，不過也是可行的。」

身為學生會長的哥哥，面對這種情況也冷靜地打算把事情進行下去。

「等一下。他們先擅自控訴，現在又擅自撤銷。真的是莫名其妙——」

我抓住須藤同學的手臂，禁止他反駁。

「堀北？」

「閉嘴。」

我連說明都嫌浪費時間。須藤正打算站起，我就用力拉了他的手臂，要他坐下。

「你們若想撤銷控訴，我方也無意再戰。我們打算接受。」

雖然我能夠理解，從遭受謊言控訴的須藤同學的角度來說，他會覺得很不服氣。然而，只要控訴本身消失，那就不會有勝者、敗者的存在。這就是這個作戰的關鍵。

「不過根據規定，撤銷審議必須收取某種程度的點數，來作為各種事項的經費。你們對這點有異議嗎？」

雖然C班學生們內心動搖，表示是第一次聽說，不過他們好像很快就得出了結論。

「知道了……我們會支付。」

「那麼談話結束。請容我在此結束審議。」

審議開始前，誰能料到等著我們的，會是這麼沒意思的結局呢？

此時，茶柱老師對我露出無畏的笑容。

「須藤同學，這樣你就不會有停學處分，而校方應該也不會把你視為問題學生。請問須藤同學從今天起也可以參加社團活動了嗎？」

我向茶柱老師如此確認。

「當然。而C班的學生們當然也是如此。你們就努力地享受青春吧。只不過，下次你們要是再引起問題，別忘了這次事情將會被拿來引證喔！」

老師對雙方強烈叮嚀。須藤同學雖然看起來很不滿，但還是靜靜地點了頭。這應該是因為能夠打籃球的這份喜悅，勝過了心中的不滿吧。這麼一來，櫛田同學與平田同學他們的努力也有所回報了呢。坂上老師與C班學生一起快步離開了學生會辦公室。在門關上同時，坂上老師似乎又開始追問起來，不過怎樣都無所謂了。

再怎麼樣他們應該也不會作出撤銷後又要控訴的這種愚蠢行為吧。

「太好了呢，須藤。」

茶柱老師說出慰勞的話。

「嘿嘿，當然啊。」

「雖然我個人認為你應該要接受懲罰呢。」

茶柱老師像在對喜悅的須藤同學定罪般說出嚴苛的發言。

「這次事件說起來是你平日素行所招致的。事件的真相、謊言都是微不足道的事，重要的是別讓事件本身發生。你其實也很清楚吧？」

「唔……」

「可是承認自己的錯誤很遜，所以你才會在態度上擺架子、逞強。這也都無所謂。可是，這樣的話你就不可能獲得真正的夥伴。堀北應該也遲早會放棄你，並離你而去吧。」

「……這是……」

雖然我已經幾乎離他而去了。

「承認自己的錯誤也是很強大的，須藤。」

我初次感受到茶柱老師她以班導身分來對待學生。

須藤同學應該也有在無意間理解這點吧。

他看起來垂頭喪氣地坐著不動。

「我知道啦……說起來要是我有好好堅持，只要不去打對方，就不會發展成這種大事。我也隱約知道這點。」

即使如此，他卻一直逞強，並且只堅持自己的主張。

他只不斷堅持——先說謊的是C班那方。

「籃球和打架都只是我為了滿足自己才一味去做的。可是，現在已經不只是這樣子了呢……我是D班的學生，我一個人的行動，將會造成全班的影響。這點我已經親身體驗到了……」

須藤同學說不定在我們看不見的地方抱著巨大的不安及壓力。

「老師、堀北，我不會再惹事了。」

這好像是須藤同學第一次說出口的懺悔。

接收到這句話，茶柱老師的心究竟會不會被打動呢？這不可能。

說不定他已經確實理解了。可是須藤同學就是須藤同學。

因為人不是一天之內就能改變的生物。

「你還是不要輕易做出口頭約定會比較好。因為你馬上又會惹事。」

「唔……！」

對這點瞭若指掌的老師，否定了須藤同學。

「堀北，妳怎麼想？妳認為須藤會變成不會惹麻煩的學生嗎？」

「不，我不這麼認為。」

與老師意見相同的我，刻不容緩地答道。但我有話必須繼續說下去。

「不過——今天須藤同學確實進步了。因為他察覺到自己所犯下的錯誤。所以，明天的你一定會比今天更加有所成長。」

「喔、喔喔……」

「太好了呢，須藤。看來堀北似乎還沒放棄你。」

「不，我已經放棄了。我只是因為沒有餘地繼續把他放著不管。」

「這、這什麼話嘛！」

須藤同學搔搔頭，然後就像是甩開重負似的露出笑臉。

「那麼，我要去社團活動了。回頭見，堀北。」

須藤同學這麼說完，便快步跑到走廊離開了。

他近期之內一定又會帶來麻煩。還真是個棘手的存在。

「茶柱老師，請問我們可以離開了嗎？」

「等一下，我有些話想和堀北妳說。你們先出去吧。」

茶柱老師催促哥哥與橘學姊出去。

「那麼，妳是用了怎樣的手段呢，堀北？」

茶柱老師很感興趣似的將手臂置於桌上交叉抱胸，並且向我問道。

「請問您在說什麼呢？」

「別想蒙混過去。那些傢伙不可能毫無理由就撤銷控訴吧。」

「那麼這就任憑您去想像了。」

我們做的事情是捏造謊言。要是被追究的話，困擾的可是我方。

「所以說是祕密呀？那麼我換個問題吧。擊退C班的作戰，是誰想到的？」

「……您為什麼要在意這種事呢？」

「因為我有點擔心不在場的綾小路呢。」

茶柱老師從剛入學開始就很關心綾小路同學。

現在的我，也隱約能夠理解其中理由。

「雖然我很不想承認，可是綾小路同學他……說不定很優秀。」

我自己本身對這句可視作宣示敗北的發言也很驚訝。

因為這次事件假如沒有他，就不會有這種形式的結局。

「這樣啊，妳認同他了嗎？」

「……這不需要驚訝吧？茶柱老師您在最開始就把我和他拉在一塊。您是因為看穿了綾小路同學的潛力之深，才會做出這種行為，對吧？」

「潛力之深嗎……」

「雖然他隱藏自己的實力，還假裝自己很笨，一直採取著謎樣的行動。」

對，我真的無法理解。我不認為這種事情有任何意義。

這純粹是他很機靈而已——這麼解釋還比較實際。

「雖然妳應該會有各種想法，不過假如妳打算升上A班，那我就先給妳一個建議吧。」

「建議……嗎？」

「D班的學生們或多或少都有缺點。要是借用這所學校的說法，這就是個擁有瑕疵要素學生們的聚集之地。妳應該已經非常明白這點了吧？」

「雖然我不打算承認自己的缺點，但我認為自己很清楚。」

「那麼妳認為綾小路的缺點是什麼？」

綾小路同學的缺點……老師這麼一問，我腦中馬上就有東西浮現出來。

「這點我已經弄清楚了。再說他好像也很了解自己的缺點。」

「哦？也就是說？」

「他是避事主義者。」

我原本是打算抱著自信這麼回答的。

我才把話說出口，不知為何，卻莫名產生無法接受這點的異樣感。

「避事主義嗎？妳看著平時的綾小路，是如此感受到的嗎？」

「不……因為是他自己這麼說的。」

老師輕聲地嗤之以鼻，接著便以嚴肅的語氣如此說道：

「那麼堀北，妳就趁現在盡可能地去了解綾小路這號人物吧。否則的話就太遲了。因為妳似乎已經中了綾小路的圈套。」

「請問這是什麼意思呢？」

我中了他的圈套？這句話才正是意義不明呢。

「妳想——綾小路為何要把入學成績都考成五十分？為什麼要幫助你們？又為什麼明明很優

秀，卻不顯露出實力呢？綾小路清隆這個人，真的是『避事主義者』嗎？」

「這是——」

假如，他真的是以安然無事為優先的人物，那還會做出全科目考五十分，這種反而會招來目光的行徑嗎？又還會想投身於這次事件嗎？

他不是應該要像多數學生一樣，在旁邊靜觀其變嗎？就如茶柱老師所言，作為「避事主義」，他的行為本身已不成立。

這就是我開口時所感受到的異樣感的真面目。

「雖然這是我個人的見解，不過D班之中，最嚴重的瑕疵品就是綾小路。」

「他是最嚴重的瑕疵品嗎……？」

「產品的機能越高，就會越難使用。意思就是說，要是搞錯一步使用方式，班級就會不費吹灰之力地全滅。」

「……老師您的意思是，您了解他真正被視為不良品的缺陷所在嗎？」

「妳好好去了解綾小路這號人物吧。去了解那傢伙在想什麼、是以什麼為核心在行動，以及他有著怎樣的棘手缺點。那裡一定會有答案。」

茶柱老師為什麼要把這種事說給我聽呢？

這個人沒有什麼身為班導的自覺，覺得班級變得怎樣都無所謂。我本來以為她是會這麼想的人……

茶柱老師接著便沒有再多說什麼了。

6

我在學生會辦公室的門口等待談話結束。

C班與坂上老師走掉不久，須藤便出了辦公室。臉上的表情非常爽朗。

「看來順利進行了呢。」

「雖然我不清楚怎麼回事，但應該是堀北幫我做了什麼，對吧？」

我對須藤的詢問輕輕點頭答覆。

「果然啊。我就覺得她會為了我而出手幫忙。嘿嘿嘿。」

他看起來非常開心。

「那麼我要去社團活動了。或許今晚再辦個慶功宴吧。」

「好。」

接著出來辦公室的，是學生會長與那名書記。

「辛苦了。」

我只是想稍微向他打聲招呼就好，不過學生會長停下了腳步。

「我准許了C班那方提出的撤銷控訴。」

「這樣啊。這還真是不可思議呢。」

堀北的哥哥就這樣站著，以不知道在想些什麼的眼神望著我。

「這就是你說的，能證明佐倉不是騙子的方法嗎？只要C班撤銷控訴，事情自然會蔓延開來。這麼一來，也一定會產生謠言吧。說謊的不是須藤，也不是佐倉，而是C班。」

「是你的妹妹順利促成的。我什麼也沒做。」

「雖然聽了答案會覺得事情很簡單，不過我還真是佩服。」

橘書記可愛地拍拍手。

「橘，書記還空著一個位子，對吧？」

「是的。因為上次申請的一年級A班學生，在第一次面試中淘汰掉了。」

「綾小路，你如果希望的話，我也可以把書記的位子交給你。」

我嚇了一跳，在一旁聽著這些話的橘書記也極為驚訝。

「學、學生會長……您是認真的嗎？」

「有意見嗎？」

「不、不是的。既然學生會長您都這麼說，我也沒有異議……」

「我討厭麻煩事。學生會可不是鬧著玩的。我要過普通的學生生活。」

對於我這些發言，橘書記又更加、更加地驚訝了。

「咦咦咦！你要拒絕學生會長的邀請嗎！」

「什麼拒絕，這也是因為我沒興趣啊……」

不想做就是不想做。

說起來，我本來就沒有半點理由受到邀請。

「走吧，橘。」

「好、好的！」

他們好像對表示拒絕的我失去興趣，於是就離開了。

接著過了不久，堀北與茶柱老師現身。

老師只有簡單瞥了我一眼，沒特別向我說話便離去了。

「嗨。」

我微微舉起手，結果就被堀北以迄今為止我未曾見過的表情惡狠狠地瞪著。

不過她隨即就恢復了冷靜的表情。

「結果怎麼樣？」

「我不用說你也知道吧？」

「那就太好了。代表妳的作戰順利進行了呢。」

「欸，綾小路同學。你把我玩弄於股掌之間了對吧？」

「玩弄妳？妳在說什麼啊？」

「最早在教室提起監視器話題的是綾小路同學你。接著把我帶到特別教學大樓，讓我發現沒有監視器的也是你。接著最能讓我確定的，就是你說出謊言也依然是真相，來誘導我去做偽證……現在想起來，我也只能如此推論。」

「妳想太多了。這只是巧合。」

「……你到底是何許人物？」

「何許人物？我只是個避事主義者啊？」

我也知道自己這次做得有點太過頭了。這點我需要好好反省。

敏銳的堀北在某種程度上已經知道了我的想法。

我必須緩衝這種情況。因為我只想安穩度日。

「避事主義……即使這樣——」

堀北正要說什麼話的時候，一名男學生朝著我們走了過來。

這並不是能讓旁人聽見的話題，因此我們彼此都陷入了沉默。

我們雖然只是在等他走過去，可是這名學生卻在我們的面前停下腳步。這並非偶然。他有著一頭自然捲的黑髮，頭髮偏長。

他的身高與我幾乎差不多，或者再高一些。我可以從他的側臉看見其嘴唇正在毛骨悚然地冷笑。

「居然裝設了監視器。你們做的事還真有意思呢。」

這個男人沒望向我們，如此說道。

「你是誰？」

堀北不動聲色地向來路不明的學生這麼詢問。

「下次我來當你們的對手。你們就期待吧。」

男學生未回答問題，便邁步而出。我們只能默默目送那名男人的背影，直到他不見蹤影為止。

「那麼，我先回去了啊。」

我感覺現在別待在一起比較好，於是轉身背對堀北。

「等一下。我話還沒說完呢，綾小路同學。」

「在我的心裡，話題已經結束了喔。」

我沒有回頭，沒有停下腳步，就這樣邁出步伐。

「你跟我約定好了對吧？說為了升上A班要提供協助。」

「雖然是被半強迫的呢。所以這次須藤的事件，我不是也幫忙了嗎？」

「我想說的不是這種事。我想知道你在想什麼。」

「像是『好麻煩喔』、『真提不起勁』等等——若是這種事的話，我倒是有在想。假如堀北妳現在願意取消約定，我打算乖乖地過著校園生活，不會以A班為目標。」

我期盼她能滿足這種程度的答案，可是堀北沒聽進去。

「你若真的不想，應該就不會幫忙。因為這才是避事主義。然而你卻態度曖昧地協助著我們。這是為什麼？」

堀北給出與先前截然不同的回覆，我因而察覺到這應該是由於茶柱老師在背後牽線。

假如她知道我的過去，那這也沒什麼好驚訝。

「大概是因為我想幫助第一次交到的朋友吧。」

繼續在這裡說下去的話，我似乎就會脫口說出多餘的話。我加快了腳步。

沒錯。此時，我不知不覺獲得了一個結論。

假如堀北要把A班當作目標，那麼依目前的狀態來說，這根本就是不可能的。

剛才那名疑似是龍園的男人對我們下了戰帖。這能理解成對方開始要做出狡猾、大膽且毫不留情的攻擊。今後他應該將作為不可輕忽的敵人，而前來攔阻我們吧。

接著是B班的一之瀨及神崎。即使只有短暫接觸，我也非常清楚那兩個人很有本事。最重要的是，一之瀨還採取了意想不到的措施，來一步步往上爬。

我無法理解她是以怎樣的手段及步驟才達成了那種狀態。

雖然我也完全不懂她的目的，不過她無疑遲早將成為一個巨大阻礙。

在我沒接觸過的A班當中，即使有凌駕一之瀨之上的學生存在，也毫不奇怪。

換句話說，要在三年期間升上A班，幾乎可以說是毫無希望。

若要正面對抗這種情況的話……

「唉——」

我不禁微微發出了聲音。

……我真是笨蛋啊。

我是開始在熱血沸騰個什麼勁兒啊。還擅自去分析、評論D班。

我不就是因為討厭這樣，才選擇了這所學校嗎？

以上段班為目標的是堀北他們，不是我。

我只是在尋求平凡、平靜的日常生活。

我要是不這麼做的話——是不行的。

我比任何人都還了解我自己。

了解我自己有多麼充滿缺陷，並且是多麼愚蠢……多麼恐怖的人。

後記

四個月不見了。我是衣笠彰梧。

入秋後天氣仍然持續炎熱，不知大家過得還好嗎？

最近右側腹悶痛、背痛，以及頭痛暈眩，每天都不停地煩擾著我。

我會立刻去做精密全身健康檢查。普通的健康檢查已經不行了。我已經是個老頭子了。

那麼關於本集，繼期中考之後，校園又發生了以須藤為中心的騷動。這應該是因為老是惹麻煩的人是不會輕易治好的關係吧。由於D班依然盡是些問題學生，團結一致的那天究竟何時才會到來呢……

下集開始，故事將大幅地推進。應該可以說是圍繞著班級點數的激烈競爭之第一幕。而且像是同班同學們看不見的一面等等，我想也會逐漸明朗起來。請各位稍候，我會加油的。

這次也替我畫出美麗插畫的トモセシュンサク大人。我在看見封面上的櫛田時，簡直被迷得神魂顛倒。那張正點的表情是什麼東西啊？實在太不像話了。您畫得真棒。

但是請您不要每逢增加男性角色登場時就咂嘴。不管再怎麼討厭，男性角色都還是會登場喔！那麼，就如我上回公開聲明的那樣，我請了トモセシュンサク大人吃了一頓燒肉（請參閱第一集）。請問肉的味道如何呢？我當初原定是要帶您去吃一千兩百八十圓的吃到飽，但是在您的央求之下，結果回過神來我就請您吃了三千九百八十圓左右（一人價格）的高級燒肉。真不愧是您呢。那種屈辱還是我出生以來的第一次。下次換您請我。我想吃生魚片。像是鮪魚，或者鮪魚，又或者是鮪魚之類的。我們住得超級近，所以我可是不會讓您逃跑的。（我會在下集報告是否有被請客）

以下是謝辭。

編輯大人，非常感謝您這次也陪伴著我直到截稿前夕。

我下次一定會報答您這份恩情。「我可是在很早的階段就寫完原稿了喲！」——我會對您說出像是這種話的。我想您一定會非常感動。不過要是最後時間又很緊繃的話，那就抱歉啦☆

最後，致各位讀者。非常感謝大家這次也將第二集讀到最後。即使是在我身體狀況不佳，手無法隨心所欲移動的時候，只要有拿起書本閱讀的各位存在，便能鼓舞我向前邁進。今後我也會持續精進自己，還請你們多多指教。

Kadokawa Light Novels

我與她的漫畫萌戰記 1~2 待續

作者：村上凜　插畫：秋奈つかこ

生駒老師忽然轉學到君島班上
與同班同學相處卻格格不入？

美少女萌系漫畫家生駒亞紀人老師與喜歡戰鬥漫畫的高中生君島泉，合作的漫畫贏得了連載權。新學期開學後君島意外發現生駒老師轉學到他班上，對方卻說：「我可不是因為有你在才轉來這間學校的！」沒想到她與班上同學在相處上顯得格格不入？

各 **NT$180~200/HK$55~60**

台灣角川

Kadokawa Light Novels

GAMERS電玩咖！ 1 待續

作者：葵せきな　插畫：仙人掌

——要不要和我……加入電玩社呢？
彆扭玩家們的錯綜青春戀愛喜劇開演！

雨野景太的興趣是電玩，沒有特別醒目的特徵卻又不愛平凡日常生活，屬於落單路人角。儘管他並沒有在學生會發表後宮宣言，更沒被關進雖然是遊戲但可不是鬧著玩的MMO世界……卻受到全校第一美少女兼電玩社社長天道花憐邀約加入電玩社!?

台灣角川

NT$240/HK$75

Kadokawa Light Novels

凶手就是你？

作者：黑沼昇　插畫：ふさたか式部

「——學長，你那不是超能力，
只是中二病罷了。」

干支川圭一是個擁有「讀夢術」能力的超能力者。但就連他也有不知該如何相處的對象——天才女高中生推理作家小町柚葉。某天，干支川救了險些出交通意外的學姊真壁瑠璃子後，便就此被捲入與真壁家相關的奇妙事件中……

NT$200/HK$60

台灣角川

Kadokawa Light Novels

反戀主義同盟！ 1 待續

作者：椎田十三　插畫：憂姫はぐれ

「放棄戀愛吧！
所有的愛情都是幻想！」

在下著雪的聖誕夜，澀谷到處都是情侶。非現充高中生——高砂在此遇見一名對著熙熙攘攘的人群發表驚人演說的少女。贊同演說的高砂心懷「現充爆炸吧！」的信念，加入由少女——領家薰擔任議長的「反戀愛主義青年同盟社」，全新的戀愛抗爭就此展開！

台灣角川

NT$220/HK$68

Kadokawa Light Novels

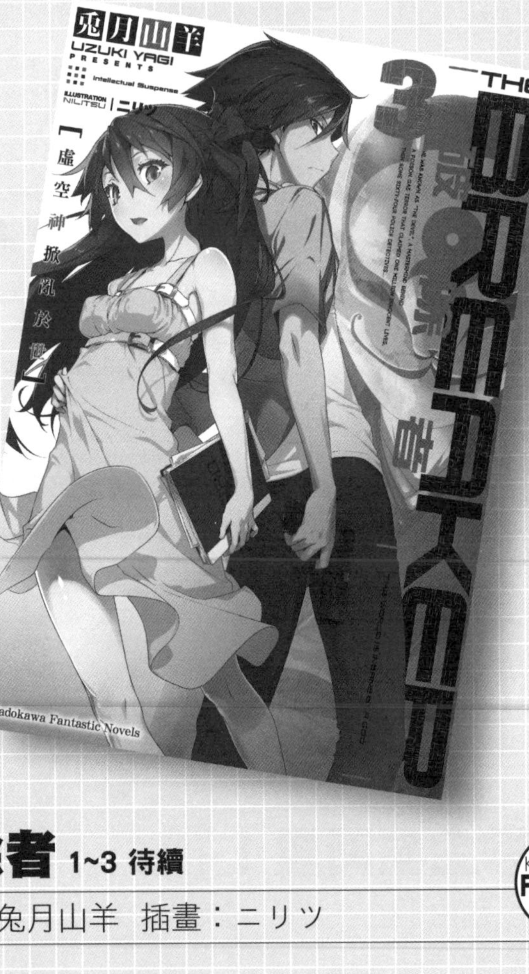

破除者 1~3 待續

作者：兔月山羊　插畫：ニリツ

一刻都不容鬆懈的智慧頭腦戰——
劇情刺激又令人緊張不已的人氣懸疑小說第三彈！

超過一百五十名葉台高中學生開心參加森林夏令營之餘，竟全數遭到綁架！嫌犯是率領眾多武裝信徒，戴著狐狸面具的少女——她正是暗中計劃恐怖攻擊行動的神祕邪教「黑陽宗」教祖。包括彼方和理世，學生們只能在嫌犯脅迫下協助恐怖攻擊行動……

各 **NT$220~240/HK$68~75**

台灣角川

Kadokawa Light Novels

青春豬頭少年不會夢到嬌憐看家妹

作者：鴨志田 一　插畫：溝口ケージ

最喜歡待在家的楓突然宣布「我要上學」！
她即將為了哥哥而告別看家生活！

咲太的初戀對象翔子寫信表示想見面，而咲太沒能將這件事告訴麻衣小姐。預料又有一番風波悄悄接近兩人!?最喜歡待在家的妹妹楓突然宣布：我要上學！遭受霸凌而走不出家門的她立下這個偉大目標，咲太決心全面協助，麻衣小姐也願意盡一份心力——

台灣角川

各 **NT$220~260/HK$68~78**

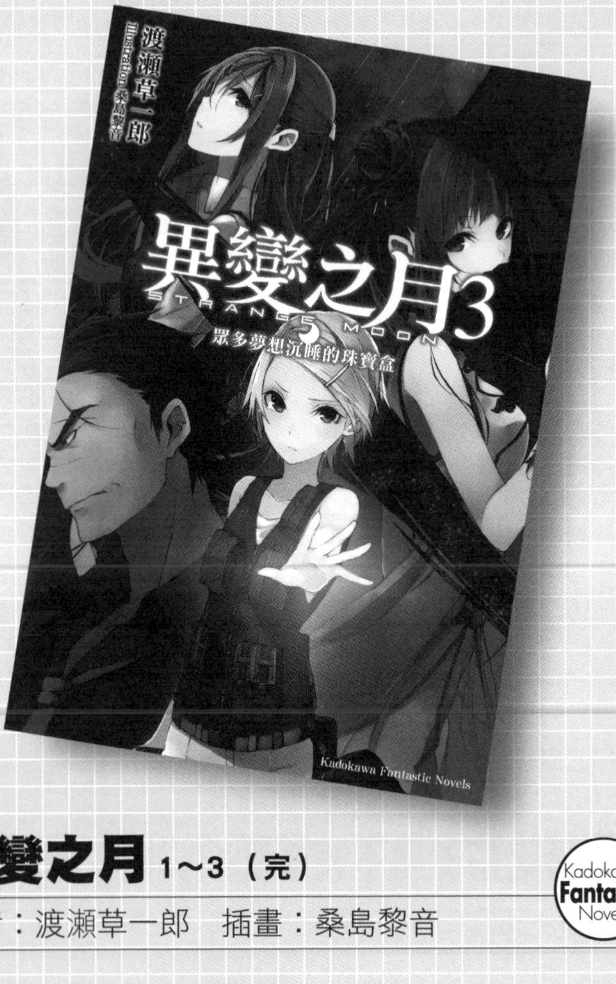
渡瀨草一郎
illustration 桑島黎音
異變之月3
STRANGE MOON
眾多夢想沉睡的珠寶盒
Kadokawa Fantastic Novels

Kadokawa Light Novels

杉井 光

插畫♪くろでこ

Hikaru Sugii & Kurodeko

東池袋迷途貓

East Ikebukuro Stray Cats

East Ikebukuro Stray Cats

Kadokawa Fantastic Novels

東池袋迷途貓

作者：杉井 光　插畫：くろでこ

由街頭流浪貓為您演唱，
以酸甜青春譜成的音樂故事——

我拒絕上學、終日關在房裡聽音樂後的某一夜，在垃圾集中處撿到一把紅色吉他。死於車禍的吉他手凱斯的靈魂竟附在那把吉他上。我被凱斯踹上池袋街頭，開始了現場演唱的生活，也因此認識了隱瞞身分的女歌手Miu以及許許多多的街頭藝人——

NT$190/HK$58

國家圖書館出版品預行編目資料

歡迎來到實力至上主義的教室 / 衣笠彰梧
作 ; Arieru譯. -- 初版. -- 臺北市 : 臺灣角川,
2016.04-
冊 ;　公分
譯自 : ようこそ実力至上主義の教室へ
ISBN 978-986-473-040-7(第1冊 : 平裝). --
ISBN 978-986-473-227-2(第2冊 : 平裝)

861.57　　105003092

Kadokawa Fantastic Novels

歡迎來到實力至上主義的教室 2

（原著名：ようこそ実力至上主義の教室へ２）

２０１６年８月１１日　初版第１刷發行
２０２４年７月３日　初版第18刷發行

作　者：衣笠彰梧
插　畫：トモセシュンサク
譯　者：Arieru

發 行 人：台灣角川股份有限公司
總　監：呂慧君
總 編 輯：蔡佩芬
主　編：林秀儒
編　輯：黃怡珮
設計指導：陳晞叡
美術設計：宋芳茹
印　務：李明修（主任）、張加恩（主任）、張凱棋、潘尚琪

發 行 所：台灣角川股份有限公司
地　址：１０４台北市中山區松江路２２３號３樓
電　話：（０２）２５１５-３０００
傳　真：（０２）２５１５-００３３
網　址：www.kadokawa.com.tw
劃撥帳戶：台灣角川股份有限公司
劃撥帳號：19487412
法律顧問：有澤法律事務所
製　版：巨茂科技印刷有限公司
ＩＳＢＮ：978-986-473-227-2

歡迎來到實力至上主義的教室

Welcome to the Classroom of the supreme principle of force

衣笠彰梧 × トモセシュンサク